folio junior

Honoré de Balzac

Le père Goriot

Texte abrégé
par Patricia Arrou-Vignod

Notes et Carnet de lecture
par Philippe Delpeuch

GALLIMARD JEUNESSE

Collection dirigée par Jean-Philippe Arrou-Vignod

Certaines grandes œuvres littéraires, par leur longueur et leur densité, peuvent décourager un jeune lecteur.
Notre collection en propose des versions abrégées, faites de coupes invisibles, sans réécriture ni résumés, qui restent ainsi fidèles à l'esprit du texte original et à la langue de l'auteur.

Pour en savoir plus :
www.cercle-enseignement.fr

Les personnages du *Père Goriot*

Le héros
Eugène de Rastignac : jeune homme originaire de la région d'Angoulême, venu à Paris pour ses études de droit. Il est pensionnaire chez madame Vauquer.

Autour d'Eugène
La famille d'Eugène : les parents, la tante madame de Marcillac, les deux sœurs et les deux frères d'Eugène vivent sur leurs terres en Charente et freinent leurs dépenses pour pouvoir payer les études du jeune homme.
Madame de Beauséant : vicomtesse très en vue au faubourg Saint-Germain. Parente de Rastignac, elle l'introduit dans le milieu aristocratique parisien.
Marquis d'Ajuda-Pinto : riche seigneur portugais, amant de madame de Beauséant.
Il abandonne cette dernière lorsqu'il épouse mademoiselle de Rochefide.
La duchesse de Langeais : amie de madame de Beauséant.
Horace Bianchon : étudiant en médecine, ami de Rastignac.

Madame Vauquer et ses pensionnaires

La maison Vauquer
MADAME VAUQUER : veuve, propriétaire de la pension.
SYLVIE : cuisinière de madame Vauquer.
CHRISTOPHE : domestique dans la pension, homme à tout faire.

Les pensionnaires
LE PÈRE GORIOT : veuf, ancien fabricant de pâtes, qui s'est dépouillé de sa fortune au profit de ses deux filles, Anastasie et Delphine.
VAUTRIN : quadragénaire qui se présente comme ancien négociant, mais cache des activités moins licites.
VICTORINE TAILLEFER : jeune fille orpheline de mère et rejetée par son père, qui ne la reconnaît pas comme sa fille.
MADAME COUTURE : veuve qui a recueilli Victorine, qu'elle traite comme sa fille.
MADEMOISELLE MICHONNEAU : vieille fille peu appréciée des autres pensionnaires.
POIRET : vieillard, seul ami de mademoiselle Michonneau au sein de la pension.

La maison Restaud
ANASTASIE DE RESTAUD : fille du père Goriot, qui a épousé le comte de Restaud.
LE COMTE DE RESTAUD : mari d'Anastasie, gendre du père Goriot.
MAXIME DE TRAILLES : comte, amant d'Anastasie.

La maison Nucingen
DELPHINE DE NUCINGEN : fille de Goriot, qui a épousé le baron de Nucingen.
LE BARON DE NUCINGEN : banquier, mari de Delphine et gendre du père Goriot.
MONSIEUR DE MARSAY : amant de Delphine.

Au grand et illustre Geoffroy Saint-Hilaire
Comme un témoignage d'admiration de ses travaux
et de son génie.

DE BALZAC

I
Une pension bourgeoise

Madame Vauquer est une vieille femme qui, depuis quarante ans, tient à Paris une pension bourgeoise établie rue Neuve-Sainte-Geneviève, entre le Quartier latin et le faubourg Saint-Marceau. Cette pension, connue sous le nom de la Maison Vauquer, admet également des hommes et des femmes, des jeunes gens et des vieillards.

Là, les pavés sont secs, les ruisseaux n'ont ni boue ni eau, l'herbe croît le long des murs. L'homme le plus insouciant s'y attriste comme tous les passants, le bruit d'une voiture y devient un événement, les maisons y sont mornes, les murailles y sentent la prison.

La façade de la pension donne sur un jardinet. Entre les deux allées latérales est un carré d'artichauts flanqué d'arbres fruitiers, et bordé d'oseille, de laitue ou de persil. Sous le couvert de tilleuls est plantée une table ronde peinte en vert, et entourée de sièges. Durant les jours caniculaires[1], les convives assez riches pour se permettre

1. Caniculaires : marqués par une très forte chaleur.

de prendre du café viennent le savourer par une chaleur capable de faire éclore des œufs. La façade, élevée de trois étages et surmontée de mansardes, est bâtie en moellons et badigeonnée avec cette couleur jaune qui donne un caractère ignoble à presque toutes les maisons de Paris.

Naturellement destiné à l'exploitation de la pension bourgeoise, le rez-de-chaussée se compose d'une première pièce éclairée par les deux croisées de la rue, et où l'on entre par une porte-fenêtre. Rien n'est plus triste à voir que ce salon meublé de fauteuils et de chaises en étoffe de crin à raies alternativement mates et luisantes. Au milieu se trouve une table ronde à dessus de marbre. La cheminée en pierre, dont le foyer toujours propre atteste qu'il ne s'y fait de feu que dans les grandes occasions, est ornée de deux vases pleins de fleurs artificielles, vieillies et encagées, qui accompagnent une pendule en marbre bleuâtre du plus mauvais goût. Cette première pièce sent le renfermé, le moisi, le rance : elle donne froid ; elle a le goût d'une salle où l'on a dîné ; elle pue le service, l'office, l'hospice.

Eh bien ! malgré ces plates horreurs, si vous le compariez à la salle à manger, qui lui est contiguë, vous trouveriez ce salon élégant et parfumé. Cette salle, entièrement boisée, est plaquée de buffets gluants sur lesquels sont des carafes ternies, des piles d'assiettes en porcelaine épaisse, à bords bleus. Dans un angle est placée une boîte à cases numérotées qui sert à garder les serviettes de chaque pensionnaire.

Enfin, là règne la misère sans poésie ; une misère économe, concentrée, râpée.

Cette pièce est dans tout son lustre[1] au moment où, vers sept heures du matin, le chat de madame Vauquer précède sa maîtresse, saute sur les buffets et y flaire le lait que contiennent plusieurs jattes couvertes d'assiettes. Bientôt la veuve se montre, attifée de son bonnet de tulle sous lequel pend un tour de faux cheveux mal mis ; elle marche en traînassant ses pantoufles. Sa face vieillotte, grassouillette, du milieu de laquelle sort un nez à bec de perroquet ; ses petites mains potelées, sa personne dodue comme un rat d'église, son corsage trop plein et qui flotte, sont en harmonie avec cette salle où suinte le malheur.

Âgée d'environ cinquante ans, madame Vauquer ressemble à toutes les *femmes qui ont eu des malheurs*. Elle a l'œil vitreux, l'air innocent d'une entremetteuse. Néanmoins, elle est *bonne femme au fond*, disent les pensionnaires, qui la croient sans fortune en l'entendant geindre et tousser comme eux.

À l'époque où cette histoire commence, les pensionnaires étaient au nombre de sept. Le premier étage contenait les deux meilleurs appartements de la maison. Madame Vauquer habitait le moins considérable, et l'autre appartenait à madame Couture, veuve d'un commissaire ordonnateur[2] de la République française. Elle avait avec elle une très jeune personne, nommée Victorine Taillefer, à qui elle servait de mère. La pension de ces deux dames montait à dix-huit cents francs.

1. Lustre : éclat.
2. Commissaire ordonnateur : personne chargée des dépenses de l'armée.

Les deux appartements du second étaient occupés, l'un par un vieillard nommé Poiret ; l'autre, par un homme âgé d'environ quarante ans, qui portait une perruque noire, se teignait les favoris, se disait ancien négociant, et s'appelait monsieur Vautrin.

Le troisième étage se composait de quatre chambres, dont deux étaient louées, l'une par une vieille fille nommée mademoiselle Michonneau, l'autre par un ancien fabricant de vermicelles, de pâtes d'Italie et d'amidon, qui se laissait nommer le père Goriot.

Les deux autres chambres étaient destinées aux oiseaux de passage, à ces infortunés étudiants ; mais madame Vauquer ne les prenait que quand elle ne trouvait pas mieux : ils mangeaient trop de pain.

En ce moment, l'une de ces deux chambres appartenait à un jeune homme venu des environs d'Angoulême à Paris pour y faire son Droit, et dont la nombreuse famille se soumettait aux plus dures privations afin de lui envoyer douze cents francs par an.

Eugène de Rastignac était un de ces jeunes gens qui comprennent dès le jeune âge les espérances que leurs parents placent en eux, et qui se préparent une belle destinée en calculant déjà la portée de leurs études, et, les adaptant par avance au mouvement futur de la société, pour être les premiers à la pressurer.

Au-dessus de ce troisième étage étaient un grenier à étendre le linge et deux mansardes où couchaient un garçon de peine nommé Christophe et la grosse Sylvie, la cuisinière. Outre les sept pensionnaires, madame Vauquer avait, bon an, mal an, huit étudiants en droit ou en médecine et deux ou trois habitués qui demeuraient dans le quartier, abonnés tous pour le dîner seulement. La salle pouvait admettre une vingtaine de personnes ; mais le matin, il ne s'y trouvait que sept locataires dont la réunion offrait l'aspect d'un repas de famille.

Ces sept pensionnaires étaient les enfants gâtés de madame Vauquer, qui leur mesurait avec une précision d'astronome les soins et les égards, d'après le chiffre de leurs pensions.

Les deux locataires du second ne payaient que soixante-douze francs par mois. Ce bon marché annonce que ces pensionnaires devaient être sous le poids de malheurs. Les hommes portaient des redingotes dont la couleur était devenue problématique, du linge élimé, des vêtements qui n'avaient plus que l'âme. Les femmes avaient des robes passées, reteintes, déteintes, de vieilles dentelles raccommodées, des gants glacés par l'usage.

La vieille demoiselle Michonneau gardait sur ses yeux fatigués un crasseux abat-jour en taffetas vert. Son châle à franges semblait couvrir un squelette. Quel acide avait dépouillé cette créature de ses formes féminines ? Elle devait avoir été jolie et bien faite : était-ce le vice, le chagrin, la cupidité ?

Elle disait avoir pris soin d'un vieux monsieur affecté d'une catarrhe à la vessie et abandonné par ses enfants, qui l'avaient cru sans ressource. Ce vieillard lui avait légué mille francs de rente viagère[1], périodiquement disputés par les héritiers, aux calomnies desquels elle était en butte.

1. Rente viagère : somme versée périodiquement à une personne sa vie durant.

Quel travail avait pu ratatiner ainsi monsieur Poiret ? Quelle passion avait bistré[1] sa face bulbeuse ? Peut-être avait-il été employé au ministère de la Justice. Peut-être avait-il été receveur à la porte d'un abattoir, ou sous-inspecteur de salubrité ?

Deux figures formaient un contraste frappant avec la masse des pensionnaires et des habitués.

Quoique mademoiselle Victorine Taillefer eût une blancheur maladive, son visage n'était pas vieux, ses mouvements et sa voix étaient agiles. Ses yeux gris mélangés de noir exprimaient une douceur, une résignation chrétiennes. Ses vêtements simples, peu coûteux, trahissaient des formes jeunes. Elle était jolie par juxtaposition. Heureuse, elle eût été ravissante : le bonheur est la poésie des femmes, comme la toilette en est le fard. Si l'amour eût ranimé ces yeux tristes, Victorine aurait pu lutter avec les plus belles jeunes filles. Il lui manquait ce qui crée une seconde fois la femme, les chiffons et les billets doux. Son histoire eût fourni le sujet d'un livre. Son père croyait avoir des raisons pour ne pas la reconnaître, refusait de la garder près de lui, ne lui accordait que six cents francs par an, et avait dénaturé sa fortune afin de pouvoir la transmettre en entier à son fils.

Parente éloignée de la mère de Victorine, qui jadis était venue mourir de désespoir chez elle, madame Couture prenait soin de l'orpheline comme de son enfant. Malheureusement, la veuve ne possédait rien

1. Bistré : rendu grise.

au monde que son douaire[1] et sa pension. La bonne femme menait Victorine à la messe tous les dimanches, à confesse tous les quinze jours, afin d'en faire à tout hasard une fille pieuse. Elle avait raison. Les sentiments religieux offraient un avenir à cet enfant désavoué, qui aimait son père, qui tous les ans s'acheminait chez lui pour y apporter le pardon de sa mère ; mais qui, tous les ans, se cognait contre la porte de la maison paternelle, inexorablement fermée. Son frère, son unique médiateur, n'était pas venu la voir une seule fois en quatre ans et ne lui envoyait aucun secours.

Madame Couture et madame Vauquer ne trouvaient pas assez de mots dans le dictionnaire des injures pour qualifier cette conduite barbare.

Eugène de Rastignac avait un visage tout méridional, le teint blanc, des cheveux noirs, des yeux bleus. Sa tournure[2], ses manières, sa pose habituelle dénotaient le fils d'une famille noble, où l'éducation première n'avait comporté que des traditions de bon goût. Les jours ordinaires, il achevait d'user les vêtements de l'an passé, néanmoins il pouvait sortir quelquefois mis comme l'est un jeune homme élégant.

Entre ces deux personnages et les autres, Vautrin, l'homme de quarante ans, à favoris peints, servait de transition. Il était un de ces gens dont le peuple dit : Voilà un fameux gaillard ! Il avait les épaules larges, le buste bien développé, les muscles apparents, des mains

1. Douaire : revenu laissé par un mari à sa veuve.
2. Tournure : allure.

épaisses, carrées et fortement marquées aux phalanges par des bouquets de poils touffus et d'un roux ardent.

Il était obligeant et rieur. Il connaissait tout, les vaisseaux, la mer, la France, l'étranger, les affaires, les hommes, les événements, les lois, les hôtels et les prisons. Si quelqu'un se plaignait par trop, il lui offrait aussitôt ses services. Il avait prêté plusieurs fois de l'argent à madame Vauquer et à quelques pensionnaires ; mais ses obligés seraient morts plutôt que de ne pas le lui rendre, tant, malgré son air bonhomme, il imprimait de crainte par un certain regard profond et plein de résolution.

Ses mœurs consistaient à sortir après le déjeuner, à revenir pour dîner, à décamper pour toute la soirée et à rentrer vers minuit, à l'aide d'un passe-partout que lui avait confié madame Vauquer. Lui seul jouissait de cette faveur. Souvent, une boutade[1] par laquelle il semblait se complaire à bafouer les lois, à fouetter la haute société, devait faire supposer qu'il y avait au fond de sa vie un mystère soigneusement enfoui.

La plus heureuse de ces âmes désolées était madame Vauquer, qui trônait dans cet hospice libre. Pour elle seule cette maison jaune et morne, qui sentait le vert-de-gris du comptoir, avait des délices.

Parmi les dix-huit convives il se rencontrait, comme dans le monde[2], une pauvre créature rebutée, un souffre-douleur sur qui pleuvaient les plaisanteries. C'était l'ancien vermicellier, le père Goriot. Par quel hasard ce

1. Boutade : plaisanterie surprenante et originale.
2. Monde : le mot désigne ici la haute société.

mépris, cette persécution mélangée de pitié avaient-ils frappé le plus ancien pensionnaire ? Peut-être est-il dans la nature humaine de prouver notre force aux dépens de quelqu'un ou de quelque chose ?

Le père Goriot, vieillard de soixante-neuf ans environ, s'était retiré chez madame Vauquer après avoir quitté les affaires. Il y avait d'abord pris l'appartement occupé par madame Couture, et donnait alors douze cents francs de pension, en homme pour qui cinq louis[1] de plus ou de moins étaient une bagatelle.

Peut-être l'insouciante générosité du père Goriot, qui vers cette époque était respectueusement nommé monsieur Goriot, le fit-elle considérer comme un imbécile qui ne connaissait rien aux affaires. Il vint muni d'une garde-robe bien fournie, le trousseau magnifique du négociant qui ne se refuse rien. Son ventre proéminent faisait rebondir une lourde chaîne d'or garnie de breloques[2]. Sa tabatière, également en or, contenait un médaillon plein de cheveux qui le rendaient en apparence coupable de quelques bonnes fortunes[3].

Ses *ormoires* (il prononçait ce mot à la manière du menu peuple) furent remplies par la nombreuse argenterie de son ménage. Les yeux de la veuve Vauquer s'allumèrent quand elle l'aida à déballer et ranger les louches, les cuillères à ragoût, les couverts, les huiliers, les saucières, plusieurs plats et des déjeuners en vermeil[4].

1. Louis : pièce d'or de vingt francs.
2. Breloque : petit bijou fantaisie que l'on porte pendu à une chaîne.
3. Bonne fortune : succès amoureux.
4. Déjeuner en vermeil : service à déjeuner en argent doré.

Dès ce jour, madame Vauquer, qui avait alors quarante-huit ans, eut des idées. Se marier, vendre sa pension, devenir une dame notable dans le quartier. Elle n'avait avoué à personne qu'elle possédait quarante mille francs amassés sou à sou. Pendant environ trois mois, elle profita du coiffeur de monsieur Goriot et fit quelques frais de toilette, excusés par la nécessité de donner à sa maison un certain décorum en harmonie avec les personnes honorables qui la fréquentaient.

Elle distribua des prospectus en tête desquels se lisait : MAISON VAUQUER.

« C'était, disait-elle, une des plus anciennes et des plus estimées pensions bourgeoises du pays latin. Il y existait une vue des plus agréables sur la vallée des Gobelins. » Elle y parlait du bon air et de la solitude. Ce prospectus lui amena madame la comtesse de l'Ambermesnil, femme de trente-six ans, qui attendait le règlement d'une pension qui lui était due en qualité de veuve d'un général mort sur les champs de bataille.

Les deux veuves montaient ensemble après le dîner dans la chambre de madame Vauquer, et y faisaient de petites causettes en buvant du cassis et mangeant des friandises. Madame de l'Ambermesnil approuva beaucoup les vues de son hôtesse sur le Goriot.

Elles allèrent ensemble au Palais-Royal, où elles achetèrent un chapeau à plumes et un bonnet. La comtesse entraîna son amie au magasin de *La Petite Jeannette*, où elles choisirent une robe et une écharpe. La veuve se crut l'obligée de la comtesse, et, quoique peu *donnante*, elle la pria d'accepter un chapeau de vingt francs. Elle comptait, à la vérité, lui demander le service de sonder Goriot et de la faire valoir auprès de lui.

Madame de l'Ambermesnil se prêta fort amicalement à ce manège et cerna le vieux vermicellier avec lequel elle réussit à avoir une conférence[1] ; mais après l'avoir trouvé pudibond, pour ne pas dire réfractaire aux tentatives que lui suggéra son désir particulier de le séduire pour son propre compte, elle sortit révoltée de sa grossièreté.

– Mon ange, dit-elle à sa chère amie, vous ne tirerez rien de cet homme-là ! il est ridiculement défiant, c'est un grippe-sou, une bête, un sot, qui ne vous causera que du désagrément.

Le lendemain, elle partit en oubliant de payer six mois de pension. Quelque âpreté que madame Vauquer mît à ses recherches, elle ne put obtenir aucun renseignement dans Paris sur la comtesse de l'Ambermesnil.

Comme tous les esprits rétrécis, madame Vauquer aimait à s'en prendre à autrui de ses propres fautes. Elle considéra l'honnête vermicellier comme le principe de son infortune. Sa haine ne fut pas en raison de son amour, mais de ses espérances trompées. Mais monsieur Goriot était son pensionnaire, la veuve fut donc obligée de réprimer les explosions de son amour-propre blessé, d'enterrer les soupirs que lui causa cette déception, et de dévorer ses désirs de vengeance.

1. Conférence : conversation.

Monsieur Goriot était un homme frugal. La soupe, le bouilli, un plat de légumes avaient été, devaient toujours être son dîner de prédilection. Il fut donc bien difficile à madame Vauquer de tourmenter son pensionnaire. Désespérée de rencontrer un homme inattaquable, elle se mit à le déconsidérer, et fit ainsi partager son aversion pour Goriot par ses pensionnaires qui, par amusement, servirent ses vengeances. Vers la fin de la première année, la veuve en était venue à un tel degré de méfiance qu'elle se demandait pourquoi ce négociant, riche de sept à huit mille livres[1] de rente, qui possédait une argenterie superbe et des bijoux aussi beaux que ceux d'une fille entretenue, demeurait chez elle, en lui payant une pension si modique relativement à sa fortune. Pendant la plus grande partie de cette première année, Goriot avait souvent dîné dehors une ou deux fois par semaine ; puis, insensiblement, il en était arrivé à ne plus dîner en ville que deux fois par mois.

Ces changements furent attribués autant à une lente diminution de fortune qu'au désir de contrarier son hôtesse. Malheureusement, à la fin de la deuxième année, monsieur Goriot justifia les bavardages dont il était l'objet en demandant à madame Vauquer de passer au second étage, et de réduire sa pension à neuf cents francs. Il eut besoin d'une si stricte économie qu'il ne fit plus de feu chez lui pendant l'hiver. La veuve Vauquer voulut être payée d'avance ; à quoi consentit monsieur Goriot, que dès lors elle nomma le père Goriot.

1. Livre : synonyme de « franc » au XIXe siècle.

Ce fut à qui devinerait les causes de cette décadence. Tantôt, selon Vautrin, le père Goriot était un homme qui allait à la Bourse et qui *carottait*[1] sur les rentes après s'y être ruiné. Tantôt c'était un de ces petits joueurs qui vont hasarder et gagner tous les soirs dix francs au jeu. L'opinion qui paraissait plus probable, et qui fut généralement adoptée, était celle de madame Vauquer. À l'entendre, cet homme si bien conservé était un libertin qui avait des goûts étranges.

Voici sur quels faits elle appuyait ses calomnies.

Quelques mois après le départ de cette désastreuse comtesse qui avait su vivre pendant six mois à ses dépens, un matin, avant de se lever, elle entendit dans son escalier le froufrou d'une robe de soie et le pas mignon d'une femme jeune et légère qui filait chez Goriot. Aussitôt la grosse Sylvie vint dire à sa maîtresse qu'une fille trop jolie pour être honnête avait glissé comme une anguille de la rue jusqu'à la cuisine, et lui avait demandé l'appartement de monsieur Goriot. Madame Vauquer et sa cuisinière se mirent aux écoutes et surprirent plusieurs mots tendrement prononcés pendant la visite, qui dura quelque temps. Quand monsieur Goriot reconduisit sa *dame*, la grosse Sylvie prit aussitôt son panier et feignit d'aller au marché pour suivre le couple amoureux.

– Madame, dit-elle à sa maîtresse en revenant, il faut que monsieur Goriot soit diantrement riche tout de même, pour les mettre sur ce pied-là. Figurez-vous

1. Carottait : faisait de modestes spéculations.

qu'il y avait au coin de l'Estrapade un superbe équipage dans lequel *elle* est montée.

Pendant le dîner, madame Vauquer alla tirer un rideau pour empêcher que Goriot ne fût incommodé par le soleil dont un rayon lui tombait sur les yeux.

– Vous êtes aimé des belles, monsieur Goriot, le soleil vous cherche, dit-elle en faisant allusion à la visite qu'il avait reçue. Peste ! vous avez bon goût, elle était bien jolie.

– C'était ma fille, dit-il avec une sorte d'orgueil dans lequel les pensionnaires voulurent voir la fatuité[1] d'un vieillard qui garde les apparences.

Un mois après cette visite, monsieur Goriot en reçut une autre. Sa fille qui, la première fois, était venue en toilette du matin, vint après le dîner et habillée comme pour aller dans le monde ! Les pensionnaires, occupés à causer dans le salon, purent voir une jolie blonde, mince de taille, gracieuse, et beaucoup trop distinguée pour être la fille d'un père Goriot.

– Et de deux ! dit la grosse Sylvie, qui ne la reconnut pas.

Quelques jours après, une autre fille, grande et bien faite, brune, à cheveux noirs et à l'œil vif, demanda monsieur Goriot.

– Et de trois ! dit Sylvie.

Cette seconde fille, qui la première fois était aussi venue voir son père le matin, vint quelques jours après, le soir, en toilette de bal et en voiture.

1. Fatuité : vanité.

– Et de quatre ! dirent madame Vauquer et la grosse Sylvie, qui ne reconnurent dans cette grande dame la fille simplement mise le matin où elle fit sa première visite.

Goriot payait encore douze cents francs de pension. Madame Vauquer trouva tout naturel qu'un homme riche eût quatre ou cinq maîtresses, et le trouva même fort adroit de les faire passer pour ses filles. Quand son pensionnaire tomba dans les neuf cents francs, elle lui demanda fort insolemment ce qu'il comptait faire de sa maison, en voyant descendre une de ces dames. Le père Goriot lui répondit que cette dame était sa fille aînée.

– Vous en avez donc trente-six, des filles ? dit aigrement madame Vauquer.

– Je n'en ai que deux, répliqua le pensionnaire avec la douceur d'un homme ruiné qui arrive à toutes les docilités de la misère.

Vers la fin de la troisième année, le père Goriot réduisit encore ses dépenses en montant au troisième étage et en se mettant à quarante-cinq francs de pension par mois. Il se passa de tabac, congédia son perruquier et ne mit plus de poudre. Sa physionomie, que des chagrins secrets avaient insensiblement rendue plus triste de jour en jour, semblait la plus désolée de toutes celles qui garnissaient la table.

Ses diamants, sa tabatière d'or, sa chaîne, ses bijoux disparurent un à un. Sa figure, bouffie par le contentement d'un bonheur bourgeois, se vida démesurément ; son front se plissa, sa mâchoire se dessina. Durant la quatrième année de son établissement rue Neuve-

Sainte-Geneviève, il ne se ressemblait plus. Le bon vermicellier de soixante-deux ans qui ne paraissait pas en avoir quarante, le bourgeois gros et gras, semblait être un septuagénaire hébété, vacillant, blafard. Ses yeux bleus si vivaces prirent des teintes ternes et gris-de-fer, ils avaient pâli et leur bordure rouge semblait pleurer du sang. Aux uns, il faisait horreur ; aux autres, il faisait pitié.

Un soir, après le dîner, madame Vauquer lui ayant dit en manière de raillerie :

– Eh bien ! elles ne viennent donc plus vous voir, vos filles ?

– Elles viennent quelquefois, répondit-il d'une voix émue.

– Ah ! ah ! vous les voyez encore quelquefois ! s'écrièrent les étudiants. Bravo, père Goriot !

Mais le vieillard n'entendit pas les plaisanteries que sa réponse lui attirait, il était retombé dans un état méditatif que ceux qui l'observaient superficiellement prenaient pour un engourdissement sénile dû à son défaut d'intelligence.

Quant aux femmes qu'il nommait ses filles, chacun partageait l'opinion de madame Vauquer, qui disait :

– Si le père Goriot avait des filles aussi riches que paraissaient l'être toutes les dames qui sont venues le voir, il ne serait pas dans ma maison, au troisième, à quarante-cinq francs par mois, et n'irait pas vêtu comme un pauvre.

Aussi, vers la fin du mois de novembre 1819, époque à laquelle éclata ce drame, chacun dans la pension avait-il des idées arrêtées sur le pauvre vieillard. Il n'avait jamais eu ni fille ni femme ; l'abus des plaisirs en faisait un mollusque anthropomorphe[1], disait un employé au Muséum.

Sa première année de séjour à Paris avait laissé Eugène de Rastignac libre de goûter les délices visibles du Paris matériel. Il avait subi cet apprentissage à son insu. Quand il partit en vacances, après avoir été reçu bachelier ès lettres et bachelier en droit, ses illusions d'enfance, ses idées de province avaient disparu.

Son père, sa mère, ses deux frères, ses deux sœurs, et une tante dont la fortune consistait en pensions, vivaient sur la petite terre de Rastignac. Ce domaine d'un revenu d'environ trois mille francs était soumis à l'incertitude qui régit le produit de la vigne, et néanmoins il fallait en extraire chaque année douze cents francs pour lui.

Si d'abord il voulut se jeter à corps perdu dans le travail, séduit bientôt par la nécessité de se créer des relations, il remarqua combien les femmes ont d'influence sur la vie sociale, et avisa soudain à se lancer dans le monde, afin d'y conquérir des protectrices. Ces idées l'assaillirent au milieu des champs, pendant les promenades que jadis il faisait gaiement avec ses sœurs, qui le trouvèrent bien changé. Sa tante, madame de Marcillac, autrefois présentée à la cour, y avait connu les sommités aristocratiques. Le

1. Anthropomorphe : de forme humaine.

jeune ambitieux la questionna sur les liens de parenté qui pouvaient encore se renouer. Après avoir secoué les branches de l'arbre généalogique, la vieille dame estima que, de toutes les personnes qui pouvaient servir son neveu parmi la gent[1] égoïste des parents riches, madame la vicomtesse de Beauséant serait la moins récalcitrante. Elle écrivit à cette jeune femme une lettre dans l'ancien style et la remit à Eugène, en lui disant que, s'il réussissait auprès de la vicomtesse, elle lui ferait retrouver ses autres parents.

Rastignac envoya la lettre de sa tante à madame de Beauséant. La vicomtesse répondit par une invitation de bal pour le lendemain.

Eugène, après être allé au bal, rentra vers deux heures dans la nuit. Afin de regagner le temps perdu, le courageux étudiant s'était promis, en dansant, de travailler jusqu'au matin. Il resta pensif pendant quelques moments avant de se plonger dans ses livres de droit. Il venait de reconnaître en madame la vicomtesse de Beauséant l'une des reines de la mode à Paris, et dont la maison passait pour être la plus agréable du faubourg Saint-Germain[2]. Elle était d'ailleurs, et par son nom et par sa fortune, l'une des sommités du monde aristocratique. Grâce à sa tante, le pauvre étudiant avait été bien reçu dans cette maison, sans connaître l'étendue de cette faveur. Être admis dans ces salons dorés équivalait à un brevet de haute noblesse. En se montrant dans

1. Gent : espèce.
2. Faubourg Saint-Germain : quartier aristocratique parisien, sur la rive gauche de la Seine.

cette société, la plus exclusive de toutes, il avait conquis le droit d'aller partout. Ébloui par cette brillante assemblée, ayant à peine échangé quelques paroles avec la vicomtesse, Eugène s'était contenté de distinguer, parmi la foule, une de ces femmes que doit adorer tout d'abord un jeune homme. La comtesse Anastasie de Restaud, grande et bien faite, passait pour avoir l'une des plus jolies tailles de Paris. Figurez-vous de grands yeux noirs, une main magnifique, un pied bien découpé, du feu dans les mouvements, une femme que le marquis de Ronquerolles nommait un cheval de pur sang.

Eugène s'était ménagé deux tours dans la liste des cavaliers écrite sur l'éventail, et avait pu lui parler pendant la première contredanse.

– Où vous rencontrer désormais, madame ? lui avait-il dit brusquement avec cette force de passion qui plaît tant aux femmes.

– Mais, dit-elle, au Bois[1], aux Bouffons[2], chez moi, partout.

Et l'aventureux Méridional s'était empressé de se lier avec cette délicieuse comtesse, autant qu'un jeune homme peut se lier avec une femme pendant une contredanse et une valse. En se disant cousin de madame de Beauséant, il eut ses entrées chez elle. Au dernier sourire qu'elle lui jeta, Rastignac crut sa visite nécessaire.

Être jeune, avoir soif du monde, avoir faim d'une femme, et voir s'ouvrir pour soi deux maisons !

1. Bois : bois de Boulogne, lieu de promenade pour les élégantes au XIXe siècle.
2. Bouffons : autre nom du Théâtre-Italien, à Paris.

Sa pensée vagabonde escomptait ses joies futures quand un soupir troubla le silence de la nuit, de manière à le lui faire prendre pour le râle d'un moribond. Il ouvrit doucement la porte, et quand il fut dans le corridor, il aperçut une ligne de lumière au bas de la porte du père Goriot. Eugène craignit que son voisin ne se trouvât indisposé, il approcha son œil de la serrure, regarda dans la chambre et vit le père Goriot qui avait attaché sur la barre d'une table renversée un plat et une espèce de soupière en vermeil, et tournait une espèce de câble autour de ces objets richement sculptés, en les serrant avec une si grande force qu'il les tordait vraisemblablement pour les convertir en lingots.

« Peste ! quel homme ! se dit Rastignac en voyant le bras nerveux du vieillard qui, à l'aide de cette corde, pétrissait sans bruit l'argent doré comme une pâte. Mais serait-ce donc un voleur ou un receleur[1] qui, pour se livrer plus sûrement à son commerce, affecterait la bêtise, l'impuissance, et vivrait en mendiant ? »

Le père Goriot, qui avait déroulé son câble, prit la masse d'argent, la mit sur la table après y avoir étendu sa couverture, et l'y roula pour l'arrondir en barre, opération dont il s'acquitta avec une facilité merveilleuse. Il regarda son ouvrage d'un air triste, des larmes sortirent de ses yeux, et Eugène l'entendit se coucher en poussant un soupir.

« Il est fou », pensa l'étudiant.

– Pauvre enfant ! dit à haute voix le père Goriot.

1. Receleur : personne détenant des biens volés.

À cette parole, Rastignac jugea prudent de ne pas inconsidérément condamner son voisin. Il allait rentrer quand il distingua soudain un bruit. Il prêta l'oreille et reconnut la respiration de deux hommes. Il vit tout à coup une faible lueur au second étage, chez monsieur Vautrin. Il descendit quelques marches, se mit à écouter, et le son de l'or frappa son oreille. Bientôt la lumière fut éteinte, deux respirations se firent entendre derechef sans que la porte eût crié, et les deux hommes descendirent.

– Qui va là ? cria madame Vauquer en ouvrant la fenêtre de sa chambre.

– C'est moi qui rentre, maman Vauquer, dit Vautrin de sa grosse voix.

« Voilà bien des mystères dans une pension bourgeoise ! » se dit Eugène.

Il faut veiller pour bien savoir ce qui se passe autour de soi, dans Paris. Il se mit au travail. Distrait par les soupçons qui lui venaient sur le compte du père Goriot, plus distrait encore par la figure de madame de Restaud qui, de moments en moments, se posait devant lui comme la messagère d'une brillante destinée, Eugène finit par se coucher et par dormir à poings fermés.

Le lendemain matin régnait à Paris un de ces épais brouillards qui l'enveloppent si bien que les gens les plus exacts sont trompés par le temps. Les rendez-vous d'affaires se manquent. Chacun se croit à huit heures quand midi sonne. Il était neuf heures et demie, madame Vauquer n'avait pas encore bougé de son lit.

– Comment, Sylvie, vous m'avez laissée dormir comme une marmotte ! Jamais pareille chose n'est arrivée.

– C'est le brouillard, qu'est à couper au couteau.

– Mais le déjeuner ?

– Bah ! vos pensionnaires avaient bien le diable au corps ; ils ont tous décanillé[1] dès le patron-jacquette.

– Parle donc bien, Sylvie, reprit madame Vauquer : on dit le patron-minette[2]. Donne-moi ma camisole et va vite voir au déjeuner. Arrange le reste du mouton avec des pommes de terre, et donne des poires cuites.

Quelques instants après, madame Vauquer descendit au moment où son chat venait de renverser d'un coup de patte l'assiette qui couvrait un bol de lait, et le lapait en toute hâte.

– Mistigris, s'écria-t-elle.

Le chat se sauva, puis revint se frotter à ses jambes.

– Oui, oui, fais ton capon[3], vieux lâche ! lui dit-elle.

En ce moment la sonnette se fit entendre, et Vautrin entra dans le salon en chantant de sa grosse voix :

J'ai longtemps parcouru le monde,
Et l'on m'a vu de toute part...

– Oh ! oh ! bonjour, madame Vauquer, dit-il en apercevant l'hôtesse, qu'il prit galamment dans ses bras.

1. Ils ont tous décanillé : ils sont tous partis à la hâte (familier).
2. Patron-minette : les deux personnages font erreur. On dit « potron-jacquet » ou « potron-minet » pour désigner le lever du jour.
3. Capon : poltron, lâche.

– Allons, finissez donc.

– Je viens de voir quelque chose de singulier. Le père Goriot était à huit heures et demie rue Dauphine, chez l'orfèvre qui achète de vieux couverts. Il lui a vendu pour une bonne somme un ustensile de ménage, en vermeil, assez joliment tortillé.

– Vraiment ?

– Oui. Je revenais ici après avoir conduit un de mes amis qui s'expatrie par les Messageries royales ; j'ai attendu le père Goriot pour voir, histoire de rire. Il a remonté dans ce quartier-ci, rue des Grès, où il est entré dans la maison d'un usurier[1] connu, nommé Gobseck.

– Qu'est-ce que fait donc ce père Goriot ?

– Il ne fait rien, dit Vautrin, il défait. C'est un imbécile assez bête pour se ruiner à aimer les filles qui…

– Le voilà ! dit Sylvie.

– Christophe, cria le père Goriot, monte avec moi.

Christophe suivit le père Goriot, et redescendit bientôt.

– Où vas-tu ? dit madame Vauquer à son domestique.

– Faire une commission pour monsieur Goriot.

– Qu'est-ce que c'est que ça ? dit Vautrin en arrachant des mains de Christophe une lettre sur laquelle il lut : *À madame la comtesse Anastasie de Restaud.* Qu'est-ce qu'il y a là-dedans ?

Il entrouvrit l'enveloppe.

1. Usurier : personne qui prête de l'argent avec des taux d'intérêt dépassant ceux fixés par la loi.

– Un billet acquitté[1] ! Va, vieux lascar, dit-il en coiffant de sa large main Christophe, qu'il fit tourner sur lui-même comme un dé, tu auras un bon pourboire.

Le couvert était mis. Madame Vauquer allumait le poêle, aidée par Vautrin qui fredonnait toujours. Quand tout fut prêt, madame Couture et mademoiselle Taillefer rentrèrent.

– D'où venez-vous donc si matin, ma belle dame ? dit madame Vauquer.

– Nous venons de faire nos dévotions à Saint-Étienne-du-Mont, ne devons-nous pas aller aujourd'hui chez monsieur Taillefer ? Pauvre petite, elle tremble comme la feuille, reprit madame Couture en s'asseyant devant le poêle.

– C'est bien, mademoiselle, de prier le bon Dieu d'attendrir le cœur de votre père, dit Vautrin en avançant une chaise à l'orpheline. Mais ça ne suffit pas. Il vous faudrait un ami qui se chargeât de dire son fait à ce marsouin[2]-là, un sauvage qui a, dit-on, trois millions, et qui ne vous donne pas de dot. Une belle fille a besoin de dot dans ce temps-ci.

– Pauvre enfant, dit madame Vauquer. Allez, mon chou, votre monstre de père attire le malheur à plaisir sur lui.

À ces mots, les yeux de Victorine se mouillèrent de larmes.

– Si nous pouvions seulement le voir, si je pouvais

1. Billet acquitté : quittance, reconnaissance de paiement.
2. Marsouin : mammifère marin ; ici, homme grossier, sans éducation.

lui parler, lui remettre la dernière lettre de sa femme, reprit madame Couture. Je n'ai jamais osé la risquer par la poste ; il connaît mon écriture...

– Ô *femmes innocentes, malheureuses et persécutées*, s'écria Vautrin en interrompant, voilà donc où vous en êtes ? D'ici à quelques jours je me mêlerai de vos affaires, et tout ira bien.

– Oh ! monsieur, si vous saviez un moyen d'arriver à mon père, dites-lui bien que son affection et l'honneur de ma mère me sont plus précieux que toutes les richesses du monde.

En ce moment, Goriot, mademoiselle Michonneau et Poiret descendirent, attirés peut-être par l'odeur du roux[1] que faisait Sylvie pour accommoder les restes du mouton. À l'instant où les sept convives s'attablèrent en se souhaitant le bonjour, dix heures sonnèrent, l'on entendit dans la rue le pas de l'étudiant.

– Ah ! bien, monsieur Eugène, dit Sylvie, aujourd'hui vous allez déjeuner avec tout le monde.

L'étudiant salua les pensionnaires et s'assit auprès du père Goriot.

– Il vient de m'arriver une singulière aventure, dit-il en se servant abondamment du mouton et se coupant un morceau de pain que madame Vauquer mesurait toujours de l'œil. Hier, j'étais au bal chez madame la vicomtesse de Beauséant, une cousine à moi, qui possède une maison magnifique et qui nous a donné une fête superbe. Je danse avec une des plus belles femmes

1. Roux : mélange de beurre et de farine pour préparer certaines sauces.

du bal, une comtesse ravissante, la plus délicieuse créature que j'aie jamais vue. Eh bien ! ce matin, j'ai rencontré cette divine comtesse, sur les neuf heures, à pied, rue des Grès. Oh ! le cœur m'a battu, je me figurais…

– Qu'elle venait ici, dit Vautrin en jetant un regard profond à l'étudiant. Elle allait sans doute chez le papa Gobseck, un usurier. Si jamais vous fouillez des cœurs de femmes à Paris, vous y trouverez l'usurier avant l'amant. Votre comtesse se nomme Anastasie de Restaud et demeure rue du Helder.

À ce nom, l'étudiant regarda fixement Vautrin. Le père Goriot leva brusquement la tête, il jeta sur les deux interlocuteurs un regard lumineux et plein d'inquiétude qui surprit les pensionnaires.

– Christophe arrivera trop tard, elle y sera donc allée, s'écria douloureusement Goriot.

– J'ai deviné, dit Vautrin en se penchant à l'oreille de madame Vauquer.

Goriot mangeait machinalement et sans savoir ce qu'il mangeait. Jamais il n'avait semblé plus stupide et plus absorbé qu'il l'était en ce moment.

– Qui diable, monsieur Vautrin, a pu vous dire son nom ? demanda Eugène.

– Le père Goriot le savait bien, lui ! pourquoi ne le saurais-je pas ?

– Monsieur Goriot ? s'écria l'étudiant.

– Quoi ! dit le pauvre vieillard. Elle était donc bien belle, hier ?

– Qui ?

– Madame de Restaud.

– Oh ! oui, elle était furieusement belle, reprit Eugène, que le père Goriot regardait avidement. Les jeunes gens n'avaient d'yeux que pour elle, j'étais le douzième inscrit sur la liste, elle dansait toutes les contredanses. Les autres femmes enrageaient.

– Hier en haut de la roue, chez une duchesse, dit Vautrin ; ce matin en bas de l'échelle chez un escompteur[1] : voilà les Parisiennes. Si leurs maris ne peuvent entretenir leur luxe effréné, elles se vendent. Si elles ne savent pas se vendre, elles éventreraient leurs mères pour y chercher de quoi briller. Enfin elles font les cent mille coups.

Le visage du père Goriot, qui s'était allumé comme le soleil d'un beau jour en entendant l'étudiant, devint sombre à cette cruelle observation de Vautrin.

– Eh bien ! dit madame Vauquer, lui avez-vous parlé ?

– Elle ne m'a pas vu, dit Eugène. Mais rencontrer une des plus jolies femmes de Paris rue des Grès, à neuf heures, une femme qui a dû rentrer du bal à deux heures du matin, n'est-ce pas singulier ? Il n'y a que Paris pour ces aventures-là.

Mademoiselle Taillefer avait à peine écouté, tant elle était préoccupée par la tentative qu'elle allait faire. Madame Couture lui fit signe de se lever pour aller s'habiller. Quand les deux dames sortirent, le père Goriot les imita.

– Eh bien ! L'avez-vous vu ? dit madame Vauquer à Vautrin et à ses autres pensionnaires. Il est clair qu'il s'est ruiné pour ces femmes-là.

1. Escompteur : personne qui rachète des dettes afin d'en tirer profit.

– Jamais on ne me fera croire, s'écria l'étudiant, que la belle comtesse de Restaud appartienne au père Goriot.

– Vous êtes encore trop jeune pour bien connaître Paris, vous saurez plus tard qu'il s'y rencontre ce que nous nommons des *hommes à passions*, lui dit Vautrin. Pour les uns, c'est le jeu, la Bourse, une collection de tableaux ou d'insectes, la musique ; pour d'autres, c'est une femme. Le père Goriot est un de ces gens-là. La comtesse l'exploite parce qu'il est discret. Le pauvre bonhomme a porté ce matin du vermeil à la fonte, et je l'ai vu entrant chez le papa Gobseck, rue des Grès. En revenant, il a envoyé chez la comtesse de Restaud une lettre dans laquelle était un billet acquitté. Il est clair que si la comtesse allait aussi chez le vieil escompteur, il y avait urgence. Le père Goriot a galamment financé pour elle.

– Vous me donnez une furieuse envie de savoir la vérité. J'irai demain chez madame de Restaud, s'écria Eugène.

– Vous y trouverez peut-être le bonhomme Goriot qui viendra toucher le montant de ses galanteries.

– Mais, dit Eugène avec un air de dégoût, votre Paris est donc un bourbier.

– Et un drôle de bourbier, reprit Vautrin. Ceux qui s'y crottent en voiture sont d'honnêtes gens, ceux qui s'y crottent à pied sont des fripons.

– Comment, s'écria madame Vauquer, le père Goriot aurait fondu son déjeuner de vermeil ?

– Il y tenait donc beaucoup, il a pleuré quand il a eu pétri l'écuelle et le plat. Je l'ai vu par hasard, dit Eugène.

– Il y tenait comme à sa vie, répondit la veuve.

L'étudiant remonta chez lui. Vautrin sortit. Quelques instants après, madame Couture et Victorine montèrent dans un fiacre. Poiret offrit son bras à mademoiselle Michonneau, et tous deux allèrent se promener au Jardin des Plantes, pendant les deux belles heures de la journée.

– Eh bien ! les voilà donc quasiment mariés, dit la grosse Sylvie. Ils sortent ensemble aujourd'hui pour la première fois. Ils sont tous deux si secs que, s'ils se cognent, ils feront feu comme un briquet.

À quatre heures du soir, quand Goriot rentra, il vit, à la lueur de deux lampes fumeuses, Victorine dont les yeux étaient rouges. Madame Vauquer écoutait le récit de la visite infructueuse faite à monsieur Taillefer pendant la matinée.

– Ma chère dame, figurez-vous qu'il n'a pas même fait asseoir Victorine. À moi, il m'a dit, sans se mettre en colère, de nous épargner la peine de venir chez lui ; que mademoiselle, sans dire sa fille, se nuisait dans son esprit en l'importunant ; que la mère de Victorine ayant été épousée sans fortune, elle n'avait rien à prétendre ; enfin les choses les plus dures, qui ont fait fondre en larmes cette pauvre petite. Elle s'est jetée alors aux pieds de son père et lui a dit avec courage qu'elle n'insistait autant que pour sa mère, qu'elle obéirait à ses volontés sans murmure, mais qu'elle le suppliait de lire le testament de la pauvre défunte ; elle a pris la lettre et la lui a présentée en disant les plus belles choses du monde et les mieux senties. En l'entendant, moi, je pleurais comme une bête. Savez-vous ce que faisait cette horreur d'homme ? Il se coupait les ongles, il a pris cette lettre que la pauvre madame Taillefer avait trempée de larmes et l'a jetée sur la cheminée. Il a voulu relever sa fille qui lui prenait les mains pour les lui baiser, mais il les a retirées. Son grand dadais de fils est entré sans saluer sa sœur.

– C'est donc des monstres ? dit le père Goriot.

– Et puis, dit madame Couture sans faire attention à l'exclamation du bonhomme, le père et le fils s'en sont allés en me saluant et en me priant de les excuser, ils avaient des affaires pressantes. Voilà notre visite. Au moins, il a vu sa fille. Je ne sais pas comment il peut la renier, elle lui ressemble comme deux gouttes d'eau.

Les pensionnaires, internes et externes, arrivèrent les uns après les autres, en se souhaitant mutuellement le bonjour.

– Eh bien ! mademoiselle, dit Vautrin à Victorine, vous ne mangez pas. Le papa s'est donc montré récalcitrant ?

– Une horreur, dit madame Couture.

– Il faut le mettre à la raison, dit Vautrin.

Le vieillard oubliait de manger pour contempler la pauvre jeune fille dans les traits de laquelle éclatait une douleur vraie, la douleur de l'enfant méconnu qui aime son père.

– Mon cher, dit Eugène à voix basse à Horace Bianchon, un étudiant en médecine, ami de Rastignac, nous nous sommes trompés sur le père Goriot. Ce n'est ni un imbécile ni un homme sans nerfs. Je lui ai vu cette nuit tordre un plat de vermeil comme si c'eût été de la cire. Sa vie me paraît être trop mystérieuse pour ne pas valoir la peine d'être étudiée. Oui, Bianchon, tu as beau rire, je ne plaisante pas.

– Cet homme est un fait médical, dit Bianchon, d'accord ; s'il veut, je le dissèque.

Le lendemain, Rastignac s'habilla fort élégamment et alla, vers trois heures de l'après-midi, chez madame de Restaud. Il marchait en pensant à ce qu'il dirait, il inventait les reparties d'une conversation imaginaire, il préparait ses mots fins. Il se crotta et fut forcé de faire cirer ses bottes et brosser son pantalon au Palais-Royal.

« Si j'étais riche, se dit-il en changeant une pièce de trente sous qu'il avait prise *en cas de malheur*, je serais allé en voiture, j'aurais pu penser à mon aise. »

Enfin il arriva rue du Helder et demanda la comtesse de Restaud. Avec la rage froide d'un homme sûr de triompher un jour, il reçut le coup d'œil méprisant des gens qui l'avaient vu traversant la cour à pied. Ce coup d'œil lui fut d'autant plus sensible qu'il avait déjà compris son infériorité en entrant dans cette cour, où piaffait un beau cheval richement attelé à l'un de ces cabriolets[1] pimpants qui affichent le luxe d'une existence dissipatrice. En attendant la réponse de la comtesse, Eugène se posa sur un seul pied devant une croisée de l'antichambre et regarda machinalement dans la cour.

1. Cabriolet : voiture à cheval légère et rapide.

– Monsieur, dit le valet de chambre, Madame est dans son boudoir et fort occupée, elle ne m'a pas répondu ; mais si monsieur veut passer au salon, il y a déjà quelqu'un.

Tout en admirant l'épouvantable pouvoir de ces gens qui, d'un seul mot, accusent ou jugent leurs maîtres, Rastignac ouvrit délibérément la porte par laquelle était sorti le valet de chambre. Mais il déboucha fort étourdiment dans une pièce où se trouvaient des lampes, des buffets, un appareil à chauffer des serviettes pour le bain, et qui menait à la fois dans un corridor obscur et dans un escalier dérobé. Les rires étouffés qu'il entendit dans l'antichambre mirent le comble à sa confusion.

– Monsieur, le salon est par ici, lui dit le valet de chambre avec ce faux respect qui semble être une raillerie de plus.

Eugène revint sur ses pas mais, en ce moment, une porte s'ouvrit au fond du long corridor éclairé par une petite lampe. Rastignac y entendit à la fois la voix de madame de Restaud, celle du père Goriot, et le bruit d'un baiser. Il suivit le valet de chambre et rentra dans un premier salon où il resta posé devant la fenêtre.

Le cœur lui battait étrangement, il se souvenait des épouvantables réflexions de Vautrin. Le valet de chambre attendait Eugène à la porte du salon, mais il en sortit tout à coup un élégant jeune homme, qui dit impatiemment :

– Je m'en vais, Maurice. Vous direz à madame la comtesse que je l'ai attendue plus d'une demi-heure.

Cet impertinent se dirigea vers la fenêtre où stationnait Eugène, autant pour voir la figure de l'étudiant que pour regarder dans la cour.

– Monsieur le comte ferait mieux d'attendre encore un instant, Madame a fini, dit Maurice.

En ce moment, le père Goriot débouchait près de la porte cochère. Le bonhomme tirait son parapluie et se disposait à le déployer, sans faire attention que la grande porte était ouverte pour donner passage à un jeune homme qui conduisait un tilbury[1]. Le père Goriot n'eut que le temps de se jeter en arrière pour n'être pas écrasé. Le taffetas du parapluie avait effrayé le cheval, qui fit un léger écart. Ce jeune homme détourna la tête d'un air de colère, regarda le père Goriot et lui fit, avant qu'il ne sortît, un salut qui peignait la considération forcée que l'on accorde aux usuriers dont on a besoin. Le père Goriot répondit par un petit salut amical, plein de bonhomie. Ces événements se passèrent avec la rapidité de l'éclair.

Eugène entendit tout à coup la voix de la comtesse.

– Ah ! Maxime, vous vous en alliez, dit-elle avec un ton de reproche où se mêlait un peu de dépit.

Rastignac se retourna brusquement et vit la comtesse coquettement vêtue d'un peignoir en cachemire blanc, à nœuds roses, coiffée négligemment, comme le sont les femmes de Paris au matin ; elle embaumait, elle avait sans doute pris un bain, et sa beauté, pour ainsi dire assouplie, semblait plus voluptueuse ; ses yeux étaient humides.

1. Tilbury : petite voiture à cheval à deux places.

Quand Maxime prit sa main pour la baiser, la comtesse aperçut Eugène.

– Ah ! c'est vous, monsieur de Rastignac, je suis bien aise de vous voir.

Maxime regardait alternativement Eugène et la comtesse d'une manière assez significative pour faire décamper l'intrus. « Ah çà, ma chère, j'espère que tu vas me mettre ce petit drôle à la porte ! » Cette phrase était une traduction claire et intelligible des regards du jeune homme impertinemment fier que la comtesse Anastasie avait nommé Maxime. Rastignac se sentit une haine violente pour ce jeune homme. D'abord les beaux cheveux blonds et bien frisés de Maxime lui apprirent combien les siens étaient horribles. Puis Maxime avait des bottes fines et propres, tandis que les siennes s'étaient empreintes d'une légère teinte de boue. Enfin Maxime portait une redingote qui lui serrait élégamment la taille et le faisait ressembler à une jolie femme, tandis qu'Eugène avait à deux heures et demie un habit noir. Il sentit la supériorité que la mise donnait à ce dandy[1], mince et grand, à l'œil clair, au teint pâle.

Sans attendre la réponse d'Eugène, madame de Restaud se sauva comme à tire-d'aile dans l'autre salon, en laissant flotter les pans de son peignoir, et Maxime la suivit. Eugène furieux suivit Maxime et la comtesse.

Tout à coup, en se souvenant d'avoir vu ce jeune homme au bal de madame de Beauséant, l'étudiant devina ce qu'était Maxime pour madame de Restaud,

1. Dandy : homme très élégant.

et avec cette audace juvénile qui fait commettre de grandes sottises ou obtenir de grands succès, il se dit : « Voilà mon rival, je veux triompher de lui. »

L'imprudent ! il ignorait que le comte Maxime de Trailles se laissait insulter, tirait le premier et tuait son homme.

Le jeune comte se jeta dans une bergère[1] au coin du feu, prit les pincettes et fouilla le foyer par un mouvement si violent que la jeune femme se tourna vers Eugène, et lui lança un de ces regards froidement interrogatifs qui disent si bien : Pourquoi ne vous en allez-vous pas ?

Eugène prit un air agréable et dit :

– Madame, j'avais hâte de vous voir pour...

Il s'arrêta tout court. Une porte s'ouvrit. Le monsieur qui conduisait le tilbury se montra soudain, sans chapeau, ne salua pas la comtesse, regarda soucieusement Eugène, et tendit la main à Maxime en lui disant : « Bonjour » avec une expression fraternelle qui surprit singulièrement Eugène.

Les jeunes gens de province ignorent combien est douce la vie à trois.

– Monsieur de Restaud, dit la comtesse à l'étudiant en lui montrant son mari.

Eugène s'inclina profondément.

– Monsieur, dit-elle au comte de Restaud, est monsieur de Rastignac, parent de madame la vicomtesse de Beauséant par les Marcillac, et que j'ai eu le plaisir de rencontrer à son dernier bal.

1. Bergère : large fauteuil.

Ces mots furent d'un effet magique. Le comte quitta son air froidement cérémonieux et salua l'étudiant.

– Enchanté, dit-il, monsieur, de pouvoir faire votre connaissance.

Le comte Maxime de Trailles lui-même jeta sur Eugène un regard inquiet et quitta tout à coup son air impertinent.

– Je croyais les Marcillac éteints ? dit le comte de Restaud à Eugène.

– Oui, monsieur, répondit-il. Mon grand-oncle, le chevalier de Rastignac, a épousé l'héritière de la famille de Marcillac. Il n'a eu qu'une fille, qui a épousé le maréchal de Clarimbault, aïeul maternel de madame de Beauséant. Nous sommes la branche cadette, branche d'autant plus pauvre que mon grand-oncle, vice-amiral, a tout perdu au service du roi. Le gouvernement révolutionnaire n'a pas voulu admettre nos créances dans la liquidation qu'il a faite de la Compagnie des Indes[1].

– Monsieur votre grand-oncle ne commandait-il pas le *Vengeur* avant 1789 ?

– Précisément.

– Alors, il a connu mon grand-père, qui commandait le *Warwick*.

Maxime haussa légèrement les épaules en regardant madame de Restaud, et eut l'air de lui dire : « S'il se met à causer marine avec celui-là, nous sommes perdus. »

1. Compagnie des Indes : entreprise qui gérait le commerce entre la France et ses colonies orientales, dissoute en 1793.

Anastasie, avec cette admirable puissance que possèdent les femmes, se mit à sourire en disant :

– Venez, Maxime ; j'ai quelque chose à vous demander. Messieurs, nous vous laisserons naviguer de conserve[1].

Le comte interrompit sa conversation avec Eugène.

– Anastasie ! restez donc, ma chère, s'écria-t-il avec humeur, vous savez bien que…

– Je reviens, je reviens, dit-elle en l'interrompant, il ne me faut qu'un moment pour dire à Maxime ce dont je veux le charger.

La comtesse suivit Maxime dans le premier salon. Rastignac les entendait tour à tour éclatant de rire, causant, se taisant ; mais le malicieux étudiant faisait de l'esprit avec monsieur de Restaud, le flattait ou l'embarquait dans des discussions, afin de revoir la comtesse et de savoir quelles étaient ses relations avec le père Goriot. Il voulait pénétrer ce mystère, espérant ainsi pouvoir régner en souverain sur cette femme si éminemment parisienne.

– Anastasie, dit le comte appelant de nouveau sa femme.

– Allons, mon pauvre Maxime, dit-elle au jeune homme, il faut se résigner. À ce soir…

– J'espère que vous consignerez ce petit jeune homme dont les yeux s'allumaient comme des charbons quand votre peignoir s'entrouvrait. Il vous ferait des déclarations, vous compromettrait, et vous me forceriez à le tuer.

1. Naviguer de conserve : se dit de navires qui font route ensemble.

– Êtes-vous fou, Maxime ? dit-elle. Ces petits étudiants ne sont-ils pas, au contraire, d'excellents paratonnerres ? Je le ferai, certes, prendre en grippe à Restaud.

Maxime éclata de rire.

– Dites donc, lui cria le comte quand elle rentra, la terre où demeure la famille de monsieur n'est pas loin de Verteuil, sur la Charente. Le grand-oncle de monsieur et mon grand-père se connaissaient.

– Enchantée d'être en pays de connaissance, dit la comtesse distraite.

– Mais, reprit l'étudiant, je viens de voir sortir de chez vous un monsieur avec lequel je suis porte à porte dans la même pension, le père Goriot.

À ce nom enjolivé du mot *père*, le comte, qui tisonnait, jeta les pincettes dans le feu, comme si elles lui eussent brûlé les mains, et se leva.

– Monsieur, vous auriez pu dire monsieur Goriot ! s'écria-t-il.

La comtesse pâlit d'abord en voyant l'impatience de son mari ; elle répondit d'une voix qu'elle voulut rendre naturelle, et d'un air faussement dégagé :

– Il est impossible de connaître quelqu'un que nous aimions mieux...

En prononçant le nom du père Goriot, Eugène avait donné un coup de baguette magique. Le visage de madame de Restaud était sec, froid, et ses yeux devenus indifférents fuyaient ceux du malencontreux étudiant.

– Madame, dit-il, vous avez à causer avec monsieur de Restaud, veuillez agréer mes hommages et me permettre...

– Toutes les fois que vous viendrez, dit précipitamment la comtesse en arrêtant Eugène par un geste, vous êtes sûr de nous faire, à monsieur de Restaud comme à moi, le plus vif plaisir.

Eugène salua profondément le couple et sortit, suivi de monsieur de Restaud qui le raccompagna jusque dans l'antichambre.

– Toutes les fois que monsieur se présentera, dit le comte à Maurice, ni madame ni moi nous n'y serons.

Quand Eugène mit pied sur le perron, il s'aperçut qu'il pleuvait.

« Allons, se dit-il, je suis venu faire une gaucherie dont j'ignore la cause et la portée, et je gâterai par-dessus le marché mon habit et mon chapeau. Je devrais rester dans un coin à piocher le droit, ne penser qu'à devenir un rude magistrat. Puis-je aller dans le monde quand, pour y manœuvrer convenablement, il faut un tas de cabriolets, de bottes cirées, des gants de daim blancs le matin et des gants jaunes le soir ? Vieux drôle de père Goriot, va ! »

Quand il se trouva sous la porte de la rue, le cocher d'une voiture de louage fit à Eugène un signe en le voyant sans parapluie. Sans avoir plus de vingt-deux sous dans sa poche, il monta dans la voiture.

– Où monsieur va-t-il ? demanda le cocher.

« Parbleu ! se dit Eugène, puisque je m'enfonce, il faut au moins que cela me serve à quelque chose ! »

– Allez à l'hôtel de Beauséant, ajouta-t-il à haute voix.

« Voilà une escapade qui va me coûter la rançon d'un roi. Mais, au moins, je vais faire ma visite à ma soi-disant cousine d'une manière solidement aristocratique. Le père Goriot me coûte déjà au moins dix francs, le vieux scélérat ! Ma foi, je vais raconter mon aventure à madame de Beauséant, peut-être la ferai-je rire. Elle saura sans doute le mystère des liaisons criminelles de ce vieux rat sans queue et de cette belle femme. Il vaut mieux plaire à ma cousine que de me cogner contre cette femme immorale, qui me fait l'effet d'être bien coûteuse. »

Madame de Restaud avait dans sa cour le fin cabriolet de l'homme de vingt-six ans. Chez madame de Beauséant attendait le luxe d'un grand seigneur, un équipage que trente mille francs n'auraient pas payé.

« Qui donc est là ? se dit Eugène. Diantre ! ma cousine aura sans doute aussi son Maxime. »

Il monta le perron la mort dans l'âme.

La vicomtesse était liée depuis trois ans avec un des plus célèbres et des plus riches seigneurs portugais, le marquis d'Ajuda-Pinto. C'était une de ces liaisons innocentes qui ont tant d'attraits pour les personnes ainsi liées qu'elles ne peuvent supporter personne en tiers. Aussi le vicomte de Beauséant avait-il donné lui-même l'exemple au public en respectant, bon gré, mal gré, cette union morganatique[1].

Elle allait aux Bouffons ou à l'Opéra en compagnie de monsieur de Beauséant et de monsieur d'Ajuda-Pinto ;

1. Morganatique : se dit au sujet d'un mariage ou d'une union avec une personne d'un rang social inférieur.

mais en homme qui sait vivre, monsieur de Beauséant quittait toujours sa femme et le Portugais après les y avoir installés. Monsieur d'Ajuda devait se marier. Il épousait une demoiselle de Rochefide. Dans toute la haute société, une seule personne ignorait encore ce mariage, cette personne était madame de Beauséant.

En ce moment donc, monsieur d'Ajuda-Pinto était sur les épines et voulait sortir, en se disant que madame de Beauséant apprendrait cette nouvelle, il lui écrirait, il serait plus commode de traiter ce galant assassinat par correspondance que de vive voix. Quand le valet de chambre de la vicomtesse annonça monsieur Eugène de Rastignac, il fit tressaillir de joie le marquis d'Ajuda-Pinto.

– Adieu, dit le Portugais en s'empressant de gagner la porte quand Eugène entra dans un petit salon coquet, gris et rose, où le luxe semblait n'être que de l'élégance.

– Mais à ce soir, dit madame de Beauséant en jetant un regard au marquis. N'allons-nous pas aux Bouffons ?

– Je ne le puis, dit-il en prenant le bouton de la porte.

Madame de Beauséant se leva, le rappela près d'elle sans faire la moindre attention à Eugène qui, debout, ne savait où se fourrer.

« Voilà, se dit-il, l'homme au coupé[1] ! Mais il faut donc avoir des chevaux fringants, des livrées et de l'or à flots pour obtenir le regard d'une femme de Paris ? »

Le démon du luxe le mordit au cœur, la fièvre du gain le prit, la soif de l'or lui sécha la gorge. Il avait cent

1. Coupé : voiture à cheval à quatre roues et à deux places.

trente francs pour son trimestre. Son père, sa mère, ses frères, ses sœurs, sa tante ne dépensaient pas deux cents francs par mois, à eux tous.

– Pourquoi, dit la vicomtesse en riant, ne *pouvez-vous pas* venir aux Italiens ?

– Des affaires ! Je dîne chez l'ambassadeur d'Angleterre.

– Vous les quitterez.

– Voilà ce que je voulais me faire dire, répondit-il en jetant un de ces fins regards qui auraient rassuré toute autre femme.

Il prit la main de la vicomtesse, la baisa et partit.

Eugène passa la main dans ses cheveux et se tortilla pour saluer en croyant que madame de Beauséant allait penser à lui ; tout à coup elle s'élance, accourt à la fenêtre et regarde monsieur d'Ajuda pendant qu'il monte en voiture ; elle prête l'oreille à l'ordre et l'entend dire au cocher :

– Chez monsieur de Rochefide.

Ces mots, et la manière dont d'Ajuda se plongea dans sa voiture, furent l'éclair et la foudre pour cette femme, qui revint en proie à de mortelles appréhensions. Elle rentra dans sa chambre à coucher, se mit à sa table et prit un joli papier.

Du moment, écrivait-elle, *où vous dînez chez les Rochefide, et non à l'ambassade anglaise, vous me devez une explication, je vous attends*.

– Jacques, dit-elle à son valet de chambre, vous irez à sept heures et demie chez monsieur de Rochefide, vous y demanderez le marquis d'Ajuda. Si monsieur le marquis y est, vous lui ferez parvenir ce billet sans demander de réponse ; s'il n'y est pas, vous reviendrez et me rapporterez ma lettre.

– Madame la vicomtesse a quelqu'un dans son salon.

– Ah ! c'est vrai, dit-elle en poussant la porte.

Eugène commençait à se trouver très mal à l'aise. Il aperçut enfin la vicomtesse, qui lui dit d'un ton dont l'émotion lui remua les fibres du cœur :

– Pardon, monsieur, j'avais un mot à écrire, je suis maintenant tout à vous.

Elle ne savait ce qu'elle disait, car voici ce qu'elle pensait : « Ah ! il veut épouser mademoiselle de Rochefide. Mais est-il donc libre ? Ce soir ce mariage sera brisé, ou je… Mais il n'en sera plus question demain. »

– Ma cousine…, répondit Eugène.

– Hein ? fit la vicomtesse en lui jetant un regard dont l'impertinence glaça l'étudiant.

– Madame, reprit-il en rougissant.

Il hésita, puis il dit :

– Pardonnez-moi ; j'ai besoin de tant de protection qu'un bout de parenté n'aurait rien gâté.

Madame de Beauséant sourit, mais tristement : elle sentait déjà le malheur qui grondait.

– Si vous connaissiez la situation dans laquelle se trouve ma famille, dit-il en continuant, vous aimeriez à jouer le rôle d'une de ces fées fabuleuses qui se plaisaient à dissiper les obstacles autour de leurs filleuls.

– Eh bien ! mon cousin, dit-elle en riant, à quoi puis-je vous être bonne ?

– Mais le sais-je ? Vous m'avez troublé, je ne sais plus

ce que je venais vous dire. Vous êtes la seule personne que je connaisse à Paris. Ah ! j'y suis, dit Eugène. J'avais remarqué madame de Restaud à votre bal, je suis allé ce matin chez elle.

– Vous avez dû bien la gêner, dit en souriant madame de Beauséant.

– Eh ! oui, je suis un ignorant qui mettra contre lui tout le monde si vous me refusez votre secours. Je crois qu'il est fort difficile de rencontrer à Paris une femme jeune, belle, riche, élégante qui soit inoccupée. Je trouverai partout un monsieur de Trailles. Je venais donc vous demander le mot d'une énigme, et vous prier de me dire de quelle nature est la sottise que j'y ai faite. J'ai parlé d'un père...

– Madame la duchesse de Langeais, dit Jacques en coupant la parole à l'étudiant.

– Eh ! bonjour, ma chère, dit madame de Beauséant en se levant et allant au-devant de la duchesse dont elle pressa les mains avec l'effusion caressante qu'elle aurait pu montrer pour une sœur et à laquelle la duchesse répondit par les plus jolies câlineries. À quelle heureuse pensée dois-je le bonheur de te voir, ma chère Antoinette ?

– Mais j'ai vu monsieur d'Ajuda-Pinto entrant chez monsieur de Rochefide, et j'ai pensé qu'alors vous étiez seule.

Madame de Beauséant ne se pinça point les lèvres, elle ne rougit pas, son regard resta le même.

– Si j'avais su que vous fussiez occupée..., ajouta la duchesse en se tournant vers Eugène.

– Monsieur est monsieur Eugène de Rastignac, un de mes cousins, dit la vicomtesse. Avez-vous des nouvelles du général Montriveau ? fit-elle. Sérisy m'a dit hier qu'on ne le voyait plus.

La duchesse, qui passait pour être abandonnée par monsieur de Montriveau, de qui elle était éperdument éprise, rougit en répondant :

– Il était hier à l'Élysée.

– De service, dit madame de Beauséant.

– Clara, vous savez sans doute, reprit la duchesse en jetant des flots de malignité par ses regards, que demain les bans[1] de monsieur d'Ajuda-Pinto et de mademoiselle de Rochefide se publient ?

Ce coup était trop violent, la vicomtesse pâlit et répondit en riant :

– Un de ces bruits dont s'amusent les sots. Pourquoi monsieur d'Ajuda porterait-il chez les Rochefide un des plus beaux noms du Portugal ? Les Rochefide sont des gens anoblis d'hier.

– Mais Berthe réunira, dit-on, deux cent mille livres de rente.

– Monsieur d'Ajuda est trop riche pour faire de ces calculs.

– Mais, ma chère, mademoiselle de Rochefide est charmante.

– Ah !

– Enfin il y dîne aujourd'hui, les conditions sont arrêtées. Vous m'étonnez étrangement d'être si peu instruite.

1. Bans : annonce faite publiquement d'un futur mariage.

– Quelle sottise avez-vous donc faite, monsieur ? dit madame de Beauséant en s'adressant à Rastignac. Ce pauvre enfant est si nouvellement jeté dans le monde qu'il ne comprend rien, ma chère Antoinette, à ce que nous disons. Soyez bonne pour lui, remettons à causer de cela demain.

La duchesse tourna sur Eugène un de ces regards impertinents qui enveloppent un homme des pieds à la tête, l'aplatissent et le mettent à l'état de zéro.

– J'ai, sans le savoir, plongé un poignard dans le cœur de madame de Restaud. Il faut vous dire, madame, que je ne suis encore qu'un pauvre diable d'étudiant, bien seul, bien pauvre…

– Ne dites pas cela, monsieur de Rastignac. Nous autres femmes, nous ne voulons jamais de ce dont personne ne veut.

– Madame la duchesse, reprit Eugène, n'est-il pas naturel de vouloir s'initier aux secrets de ce qui nous charme ?

– Mais madame de Restaud est, je crois, l'écolière de monsieur de Trailles, dit la duchesse.

– Je n'en savais rien, madame, reprit l'étudiant. Aussi me suis-je étourdiment jeté entre eux. Enfin, je m'étais assez bien entendu avec le mari lorsque je me suis avisé de leur dire que je connaissais un homme que je venais de voir sortant par un escalier dérobé, et qui avait au fond d'un couloir embrassé la comtesse.

– Qui est-ce ? dirent les deux femmes.

– Un vieillard qui vit au fond du faubourg Saint-Marceau ; un véritable malheureux dont tout le monde se moque et que nous appelons le père Goriot.

– Mais, enfant que vous êtes, s'écria la vicomtesse, madame de Restaud est une demoiselle Goriot.

– La fille d'un vermicellier, reprit la duchesse. Ne vous en souvenez-vous pas, Clara ?

– Ah ! c'est son père ! reprit l'étudiant en faisant un geste d'horreur.

– Mais oui ; ce bonhomme avait deux filles dont il est quasi fou, quoique l'une et l'autre l'aient à peu près renié.

– La seconde n'est-elle pas, dit la vicomtesse en regardant madame de Langeais, mariée à un banquier dont le nom est allemand, un baron de Nucingen ? Ne se nomme-t-elle pas Delphine ? N'est-ce pas une blonde qui a une loge de côté à l'Opéra, qui vient aussi aux Bouffons, et qui rit très haut pour se faire remarquer ?

La duchesse sourit en disant :

– Mais, ma chère, je vous admire. Pourquoi vous occupez-vous donc tant de ces gens-là ? Il a fallu être amoureux fou, comme l'était Restaud, pour s'être enfariné de mademoiselle Anastasie. Oh ! Elle est entre les mains de monsieur de Trailles, qui la perdra.

– Elles ont renié leur père, répétait Eugène.

– Eh bien ! oui, reprit la vicomtesse, un bon père qui leur a donné, dit-on, à chacune cinq ou six cent mille francs pour faire leur bonheur en les mariant bien, croyant que ses filles resteraient ses filles, qu'il s'était créé chez elles deux existences, deux maisons où il serait adoré, choyé. En deux ans, ses gendres l'ont banni de leur société comme le dernier des misérables...

Quelques larmes roulèrent dans les yeux d'Eugène, encore sous le charme des croyances jeunes, et qui n'en était qu'à sa première journée sur le champ de bataille de la civilisation parisienne. Les émotions véritables sont si communicatives que, pendant un moment, ces trois personnes se regardèrent en silence.

– Eh ! mon Dieu, dit madame de Langeais, oui, cela semble bien horrible, et nous voyons cependant cela tous les jours. Je me rends parfaitement compte de ce qui est arrivé à ce vieux vermicellier. Je crois me rappeler que ce Foriot…

– Goriot, madame…

– Oui, ce Moriot a été président de sa section[1] pendant la Révolution ; il a été dans le secret de la fameuse disette[2], et a commencé sa fortune par vendre dans ce temps-là des farines dix fois plus qu'elles ne lui coûtaient. Eh bien ! ce Loriot, qui vendait du blé aux coupeurs de têtes, n'a eu qu'une passion. Il adore ses filles. Il a juché l'aînée dans la maison de Restaud, et greffé l'autre sur le baron de Nucingen, un riche banquier qui fait le royaliste. Vous comprenez bien que, sous l'Empire, les deux gendres ne se sont pas trop formalisés d'avoir ce vieux Quatre-vingt-treize[3] chez eux ; ça pouvait encore aller avec Buonaparte. Mais quand les Bourbons sont revenus, le bonhomme a gêné monsieur de Restaud, et plus encore le banquier. Les filles, qui aimaient peut-être toujours leur père, ont voulu ménager la chèvre et le chou, le père et le mari ; elles ont reçu le Goriot quand elles n'avaient per-

1. Section : chaque quartier de Paris sous la Révolution.
2. Disette : manque de vivres.
3. Ce vieux Quatre-vingt-treize : le père Goriot lui-même, en référence à 1793, année marquante de la Révolution durant laquelle le roi Louis XVI fut guillotiné.

sonne. Il a vu que ses filles avaient honte de lui ; qu'il nuisait à ses gendres. Il fallait donc se sacrifier. Il s'est sacrifié, parce qu'il était père : il s'est banni de lui-même. Ce père avait donné, pendant vingt ans, ses entrailles, son amour ; il avait donné sa fortune en un jour. Le citron bien pressé, ses filles ont laissé le zeste au coin des rues.

– Le monde est infâme, dit la vicomtesse en effilant son châle.

– Non, il va son train, voilà tout. Je pense comme vous, dit la duchesse en pressant la main de la vicomtesse. Le monde est un bourbier, tâchons de rester sur les hauteurs.

Elle se leva, embrassa madame de Beauséant au front en lui disant :

– Vous êtes bien belle en ce moment, ma chère. Vous avez les plus jolies couleurs que j'aie vues jamais.

Puis elle sortit après avoir légèrement incliné la tête en regardant le cousin.

– Le père Goriot est sublime ! dit Eugène en se souvenant de l'avoir vu tordant son vermeil la nuit.

Madame de Beauséant n'entendit pas, elle était pensive. Quelques moments de silence s'écoulèrent et le pauvre étudiant, par une sorte de stupeur honteuse, n'osait ni s'en aller, ni rester, ni parler.

– Le monde est infâme et méchant, dit enfin la vicomtesse. Aussitôt qu'un malheur nous arrive, il se rencontre toujours un ami prêt à venir nous le dire, et à nous fouiller le cœur avec un poignard en nous en faisant admirer le manche. Déjà le sarcasme, déjà les railleries ! Ah ! je me défendrai.

Elle releva la tête comme une grande dame qu'elle était, et des éclairs sortirent de ses yeux fiers.

– Ah ! fit-elle en voyant Eugène, vous êtes là !

– Encore, dit-il piteusement.

– Eh bien ! monsieur de Rastignac, traitez ce monde comme il mérite de l'être. Vous voulez parvenir, je vous aiderai. Plus froidement vous calculerez, plus avant vous irez. Frappez sans pitié, vous serez craint. N'acceptez les hommes et les femmes que comme les chevaux de poste que vous laisserez crever à chaque relais, vous arriverez ainsi au faîte de vos désirs. Voyez-vous, vous ne serez rien ici si vous n'avez pas une femme qui s'intéresse à vous. Il vous la faut jeune, riche, élégante. Il existe quelque chose de plus épouvantable que ne l'est l'abandon du père par ses deux filles, qui le voudraient mort. C'est la rivalité des deux sœurs entre elles. Restaud a de la naissance, sa femme a été adoptée, elle a été présentée ; mais sa riche sœur, la belle madame Delphine de Nucingen, femme d'un homme d'argent, meurt de chagrin ; la jalousie la dévore, elle est à cent lieues de sa sœur ; ces deux femmes se renient entre elles comme elles renient leur père. Aussi, madame de Nucingen laperait-elle toute la boue qu'il y a entre la rue Saint-Lazare et la rue de Grenelle pour entrer dans mon salon. Elle a cru que de Marsay la ferait arriver à son but. De Marsay se soucie fort peu d'elle. Si vous me la présentez, elle vous adorera. Aimez-la si vous pouvez après, sinon servez-vous d'elle. Je la verrai une ou deux fois, en grande soirée, quand il y aura cohue ; mais je ne la recevrai jamais le matin. Je la saluerai, cela suffira. Vous vous êtes fermé la porte de la comtesse pour avoir prononcé le nom du père Goriot. Oui, mon cher, vous iriez vingt fois chez madame de Restaud, vingt fois vous la trouveriez absente. Eh bien ! que le père Goriot vous introduise près de madame Delphine de Nucingen. La belle madame de Nucingen sera pour vous une enseigne. Soyez l'homme qu'elle distingue, les femmes raffoleront de vous. Ses rivales, ses amies, ses meilleures amies voudront vous enlever à elle. Je vous donne mon nom comme un fil d'Ariane pour entrer dans ce labyrinthe. Ne le compromettez pas, dit-elle en jetant un regard de reine à l'étudiant. Allez, laissez-moi. Nous autres femmes, nous avons aussi nos batailles à livrer.

Il sortit. Il était cinq heures. Eugène était accablé par ces mots : *Vous vous êtes fermé la porte de la comtesse*.

« J'irai ! se dit-il, et si madame de Beauséant a raison, si je suis consigné… je… Madame de Restaud me trouvera dans tous les salons où elle va. J'apprendrai à faire des armes, à tirer le pistolet, je lui tuerai son Maxime ! »

Arrivé rue Neuve-Sainte-Geneviève, il vint rapidement dans cette salle à manger nauséabonde où il aperçut, comme des animaux à un râtelier, les dix-huit convives en train de se repaître. Le spectacle de ces misères et l'aspect de cette salle lui furent horribles. La transition était trop brusque, le contraste trop complet pour ne pas développer outre mesure chez lui le sentiment de l'ambition.

– Vous êtes bien sombre, monsieur le marquis, lui dit Vautrin.

– Je ne suis pas disposé à souffrir les plaisanteries de ceux qui m'appellent monsieur le marquis, répondit-il.

Ici, pour être vraiment marquis, il faut avoir cent mille livres de rente, et quand on vit dans la Maison Vauquer, on n'est pas précisément le favori de la Fortune[1].

Vautrin regarda Rastignac d'un air paternel et méprisant.

– Vous êtes de mauvaise humeur, parce que vous n'avez peut-être pas réussi auprès de la belle comtesse de Restaud.

– Elle m'a fermé sa porte pour lui avoir dit que son père mangeait à notre table, s'écria Rastignac.

Tous les convives s'entre-regardèrent. Le père Goriot baissa les yeux.

– Qui vexera le père Goriot s'attaquera désormais à moi, répondit Eugène. Il vaut mieux que nous tous. Je ne parle pas des dames, dit-il en se retournant vers mademoiselle Taillefer.

Eugène avait prononcé cette phrase d'un air qui imposa silence aux convives. Vautrin seul lui dit en goguenardant :

– Pour prendre le père Goriot à votre compte, il faut savoir bien tenir une épée et bien tirer le pistolet. Vous êtes donc entré en campagne aujourd'hui ?

– Peut-être, répondit Rastignac. Mais je ne dois compte de mes affaires à personne, attendu que je ne cherche pas à deviner celles que les autres font la nuit.

Vautrin regarda Rastignac de travers.

– Mon petit, nous aurons ensemble un petit bout de conversation quand vous le voudrez.

1. Fortune : déesse de la chance.

Le dîner devint sombre et froid. Le père Goriot, absorbé par la profonde douleur que lui avait causée la phrase de l'étudiant, ne comprit pas que les dispositions des esprits étaient changées à son égard, et qu'un jeune homme en état d'imposer silence à la persécution avait pris sa défense.

– Monsieur Goriot, dit madame Vauquer à voix basse, serait donc le père d'une comtesse à c't'heure ?

– Et d'une baronne, lui répliqua Rastignac.

Eugène était trop sérieux ; chacun le laissa seul dans la salle à manger quand le dîner fut fini.

– Vous avez donc vu ma fille ? lui dit Goriot d'une voix émue.

Réveillé de sa méditation par le bonhomme, Eugène lui prit la main, et le contemplant avec une sorte d'attendrissement :

– Vous êtes un brave et digne homme, répondit-il. Nous causerons de vos filles plus tard.

Il se leva sans vouloir écouter le père Goriot, et se retira dans sa chambre, où il écrivit à sa mère la lettre suivante :

Ma chère mère, je suis dans une situation à faire promptement fortune. J'ai besoin de douze cents francs, et il me les faut à tout prix. Ne dis rien de ma demande à mon père, il s'y opposerait peut-être, et si je n'avais pas cet argent, je serais en proie à un désespoir qui me conduirait à me brûler la cervelle. Je t'expliquerai mes motifs aussitôt que je te verrai. Enfin, je vais chez la vicomtesse de Beauséant, qui m'a pris sous sa protection. Je dois aller dans le monde et n'ai pas un sou pour avoir des gants propres. Il s'agit pour moi de faire mon chemin ou de rester dans la boue. Je sais toutes les espérances que vous avez mises en moi, et veux les réaliser promptement. Ma bonne mère, vends quelques-uns de tes anciens bijoux, je les remplacerai bientôt. Je connais assez la situation de notre famille pour savoir apprécier de tels sacrifices, et tu dois croire que je ne te demande pas de les faire en vain, sinon je serais un monstre.

Il écrivit à chacune de ses sœurs en leur demandant leurs économies, et il intéressa leur délicatesse en attaquant les cordes de l'honneur qui sont si bien tendues et résonnent si fort dans de jeunes cœurs. Quand il eut écrit ces lettres, il éprouva néanmoins une trépidation involontaire. Ce jeune ambitieux savait quelles peines il causerait à ses deux sœurs, et aussi quelles seraient leurs joies ; avec quel plaisir elles s'entretiendraient en secret de ce frère bien-aimé, au fond du clos. Ces beaux sentiments, ces effroyables sacrifices allaient lui servir d'échelon pour arriver à Delphine de Nucingen.

Le lendemain, Rastignac alla jeter ses lettres à la poste. Il hésita jusqu'au dernier moment, mais il les lança dans la boîte en disant :

– Je réussirai !

Quelques jours après, Eugène alla chez madame de Restaud et ne fut pas reçu. Trois fois, il y retourna, trois fois encore il trouva la porte close. La vicomtesse avait eu raison.

L'étudiant n'étudia plus. Il allait aux cours pour y répondre à l'appel, et quand il avait attesté sa présence, il décampait. Il réservait ses études pour le moment où il s'agirait de passer ses examens.

Pendant cette semaine, il vit deux fois madame de Beauséant, chez laquelle il n'allait qu'au moment où sortait la voiture du marquis d'Ajuda. Pour quelques jours encore, cette illustre femme, la plus poétique figure du faubourg Saint-Germain, resta victorieuse et fit suspendre le mariage de mademoiselle de Rochefide avec le marquis d'Ajuda-Pinto. Mais ces derniers jours, que la crainte de perdre son bonheur rendit les plus ardents de tous, devaient précipiter la catastrophe.

Le marquis d'Ajuda, de concert avec les Rochefide, avait regardé cette brouille et ce raccommodement comme une circonstance heureuse : ils espéraient que madame de Beauséant s'accoutumerait à l'idée de ce mariage et finirait par sacrifier ses matinées à un avenir prévu dans la vie des hommes.

Néanmoins, ces dernières lueurs brillèrent assez longtemps pour que la vicomtesse restât à Paris et y servît son jeune parent auquel elle portait une sorte d'affection superstitieuse. Eugène s'était montré pour elle plein de dévouement et de sensibilité dans une circonstance où les femmes ne voient de pitié, de consolation vraie dans aucun regard.

Dans le désir de parfaitement bien connaître son échiquier avant de tenter l'abordage de la maison de Nucingen, Rastignac voulut se mettre au fait de la vie antérieure du père Goriot, et recueillit des renseignements.

Jean-Joachim Goriot était, avant la Révolution, un simple ouvrier vermicellier, habile, économe et assez entreprenant pour avoir acheté le fonds de son maître, que le hasard rendit victime du premier soulèvement de 1789. Goriot avait eu le gros bon sens d'accepter la présidence de sa section, afin de faire protéger son commerce par les personnages les plus influents de cette dangereuse époque. Cette sagesse avait été l'origine de sa fortune qui commença dans la disette, par suite de laquelle les grains acquirent un prix énorme à Paris. Le peuple se tuait à la porte des boulangers, tandis que certaines personnes allaient chercher sans émeute des pâtes d'Italie chez les épiciers. Pendant cette année, le citoyen Goriot amassa les capitaux qui, plus tard, lui servirent à faire son commerce.

Il lui arriva ce qui arrive à tous les hommes qui n'ont qu'une capacité relative. Sa médiocrité le sauva. D'ailleurs, sa fortune n'étant connue qu'au moment où il n'y avait plus de danger à être riche, il n'excita l'envie de personne.

Deux sentiments exclusifs avaient rempli le cœur du vermicellier. Sa femme, fille unique d'un riche fermier de la Brie, fut pour lui l'objet d'un amour sans bornes. Goriot avait admiré en elle une nature frêle et forte, sensible et jolie, qui contrastait vigoureusement avec la sienne. Après sept ans de bonheur sans nuages, Goriot, malheureusement pour lui, perdit sa femme. Dans cette situation, le sentiment de la paternité se développa jusqu'à la déraison. Il reporta ses affections sur ses deux filles, qui d'abord satisfirent pleinement tous ses sentiments. Quelque brillantes que fussent les propositions qui lui furent faites par des négociants ou des fermiers jaloux de lui donner leurs filles, il voulut rester veuf.

L'éducation de ses deux filles fut naturellement déraisonnable. Riche de plus de soixante mille livres de rente, et ne dépensant pas douze cents francs pour lui, le bonheur de Goriot était de satisfaire les fantaisies de ses filles : les plus excellents maîtres furent chargés de les douer des talents qui signalent une bonne éducation ; elles allaient à cheval, elles avaient voiture, elles vivaient comme auraient vécu les maîtresses d'un vieux seigneur riche ; il leur suffisait d'exprimer les plus coûteux désirs pour voir leur père s'empressant de les combler ; il ne demandait qu'une caresse en retour de ses offrandes.

Quand ses filles furent en âge d'être mariées, elles purent choisir leurs maris suivant leurs goûts : chacune d'elles devait avoir en dot la moitié de la fortune de son père. Courtisée pour sa beauté par le comte de Restaud, Anastasie avait des penchants aristocratiques qui la portèrent à quitter la maison paternelle pour s'élancer dans les hautes sphères sociales. Delphine aimait l'argent : elle épousa Nucingen, banquier d'origine allemande qui devint baron du Saint-Empire[1]. Goriot resta vermicellier. Ses filles et gendres se choquèrent bientôt de lui voir continuer ce commerce, quoique ce fût toute sa vie. Après avoir subi pendant cinq ans leurs instances, il consentit à se retirer avec le produit de son fonds, et les bénéfices de ces dernières années.

1. Saint-Empire : regroupement d'États germaniques sous l'autorité d'un empereur.

Il se jeta dans cette pension par suite du désespoir qui l'avait saisi en voyant ses deux filles obligées par leurs maris de refuser non seulement de le prendre chez elles, mais encore de l'y recevoir ostensiblement.

Les suppositions que Rastignac avait entendu faire par la duchesse de Langeais se trouvaient ainsi confirmées.

Ici se termine l'exposition de cette obscure, mais effroyable tragédie parisienne.

II

L'entrée dans le monde

Vers la fin de cette première semaine du mois de décembre, Rastignac reçut deux lettres, l'une de sa mère, l'autre de sa sœur aînée.

La lettre de sa mère était ainsi conçue :

Mon cher enfant, je t'envoie ce que tu m'as demandé. Fais un bon emploi de cet argent, je ne pourrais, quand il s'agirait de te sauver la vie, trouver une seconde fois une somme si considérable sans que ton père en fût instruit.

Je ne saurais te cacher l'impression douloureuse que ta lettre m'a causée. Mon cher fils, quel est donc le sentiment qui t'a contraint à jeter un tel effroi dans mon cœur ? Dans quelle carrière[1] *t'engages-tu donc ?*

Ta vie, ton bonheur seraient attachés à paraître ce que tu n'es pas, à voir un monde où tu ne saurais aller sans faire des dépenses d'argent que tu ne peux soutenir, sans perdre un temps précieux pour tes études ? Mon bon Eugène, crois-en le cœur de ta mère, les voies tortueuses ne mènent à rien de grand.

1. Carrière : voie.

Sois prudent, cher enfant. Tu dois être sage comme un homme, les destinées de cinq personnes qui te sont chères reposent sur ta tête.

Ton père va bien. La récolte de 1819 passe nos espérances. Ne nous laisse pas sans nouvelles, et prends ici le baiser que ta mère t'envoie.

Quand Eugène eut achevé cette lettre, il était en pleurs. Il pensait au père Goriot tordant son vermeil et le vendant pour aller payer la lettre de change[1] de sa fille.

« Ta mère a tordu ses bijoux ! se disait-il. Ta tante a pleuré sans doute en vendant quelques-unes de ses reliques ! De quel droit maudirais-tu Anastasie ? Tu viens d'imiter pour l'égoïsme de ton avenir ce qu'elle a fait pour son amant ! Qui, d'elle ou de toi, vaut mieux ? »

Rastignac ouvrit la lettre de sa sœur, dont les expressions innocemment gracieuses lui rafraîchirent le cœur.

Ta lettre est venue bien à propos, cher frère. Agathe et moi nous voulions employer notre argent de tant de manières différentes que nous ne savions plus à quel achat nous résoudre.

Je m'étais acheté deux ceintures, un joli poinçon pour percer les œillets de mes corsets, des niaiseries, en sorte que j'avais moins d'argent qu'Agathe, qui est économe, et entasse ses écus comme une pie. Elle avait deux cents

1. Lettre de change : document par lequel un créancier (celui à qui on doit de l'argent) prescrit à son débiteur (celui qui doit de l'argent) de payer à une date donnée la somme due.

francs ! Moi, mon pauvre ami, je n'ai que cinquante écus. Je suis bien punie, je voudrais jeter ma ceinture dans le puits, il me sera toujours pénible de la porter. Agathe a été charmante. Elle m'a dit : « Envoyons les trois cent cinquante francs à nous deux ! » Oh ! cher frère, nous t'aimons bien, voilà tout en deux mots.

Adieu, cher frère. Tu auras donc bien des choses à nous dire quand tu viendras ! Tu me diras tout, à moi, je suis l'aînée. Ma tante nous a laissé soupçonner que tu avais des succès dans le monde.

Adieu, adieu ! je t'embrasse.

Ta sœur qui t'aime.

LAURE DE RASTIGNAC.

« Oh ! oui, se dit Eugène, des trésors ne paieraient pas ce dévouement. Je voudrais leur apporter tous les bonheurs ensemble. Quinze cent cinquante francs ! se dit-il après une pause. Il faut que chaque pièce porte coup ! »

En voyant monsieur de Trailles, Rastignac avait compris l'influence qu'exercent les tailleurs sur la vie des jeunes gens. Quinze cents francs et des habits à discrétion[1] ! Le pauvre Méridional ne douta plus de rien et descendit au déjeuner avec cet air indéfinissable que donne à un jeune homme la possession d'une somme quelconque.

En ce moment, un facteur des Messageries royales demanda monsieur Eugène de Rastignac, auquel il tendit deux sacs à prendre, et un registre à émarger.

1. À discrétion : à volonté, autant qu'on le souhaite.

Rastignac fut alors sanglé comme d'un coup de fouet par le regard profond que lui lança Vautrin.

– Vous aurez de quoi payer des leçons d'armes et des séances au tir.

Vautrin fit le geste d'un homme qui vise son adversaire. Rastignac voulut donner pourboire au facteur et ne trouva rien dans sa poche. Vautrin fouilla dans la sienne et jeta vingt sous à l'homme.

– Vous avez bon crédit, reprit-il en regardant l'étudiant.

Rastignac fut forcé de le remercier, quoique depuis les mots aigrement échangés, le jour où il était revenu de chez madame de Beauséant, cet homme lui fût insupportable. Pendant ces huit jours, Eugène et Vautrin étaient restés silencieusement en présence et s'observaient l'un l'autre. L'étudiant se demandait si cet homme était son ami ou son ennemi.

En se sentant le gousset[1] plein, Eugène se mutina.

– Faites-moi le plaisir d'attendre, dit-il à Vautrin qui se levait pour sortir après avoir savouré les dernières gorgées de son café.

– Pourquoi ? répondit le quadragénaire en mettant son chapeau à larges bords et prenant une canne en fer avec laquelle il faisait souvent des moulinets, en homme qui n'aurait pas craint d'être assailli par quatre voleurs.

– Je vais vous rendre, reprit Rastignac qui défit promptement un sac et compta cent quarante francs à

1. Gousset : bourse.

madame Vauquer. Les bons comptes font les bons amis, dit-il à la veuve. Nous sommes quittes jusqu'à la Saint-Sylvestre. Changez-moi ces cent sous.

– On dirait que vous avez peur de me devoir quelque chose, s'écria Vautrin en plongeant un regard divinateur dans l'âme du jeune homme auquel il jeta un de ces sourires goguenards.

– Mais… oui, répondit l'étudiant qui tenait ses deux sacs à la main et s'était levé pour monter chez lui.

Vautrin sortait par la porte qui donnait dans le salon et l'étudiant se disposait à s'en aller par celle qui menait sur le carré de l'escalier.

– Savez-vous, monsieur le marquis de Rastignac, que ce que vous me dites n'est pas exactement poli ? dit alors Vautrin.

Rastignac ferma la porte de la salle à manger, en emmenant avec lui Vautrin au bas de l'escalier.

Quand madame Couture et Victorine se levèrent, elles rencontrèrent, à la porte, la grosse Sylvie qui leur barra le passage.

– Monsieur Vautrin a dit à monsieur Eugène : « Expliquons-nous ! » Puis il l'a pris par le bras, et les voilà qui marchent dans nos artichauts.

En ce moment Vautrin parut.

– Maman Vauquer, dit-il en souriant, ne vous effrayez de rien, je vais essayer mes pistolets sous les tilleuls.

– Oh ! monsieur, dit Victorine en joignant les mains, pourquoi voulez-vous tuer monsieur Eugène ?

Vautrin fit deux pas en arrière et contempla Victorine.

– Autre histoire, s'écria-t-il d'une voix railleuse qui fit rougir la pauvre fille. Il est bien gentil, n'est-ce pas, ce jeune homme-là ? reprit-il. Vous me donnez une idée. Je ferai votre bonheur à tous deux, ma belle enfant.

– Je ne veux pas qu'on tire des coups de pistolet chez moi, dit madame Vauquer. N'allez-vous pas effrayer tout le voisinage et amener la police, à c't'heure !

– Allons, du calme, maman Vauquer, répondit Vautrin. Là, là, tout beau, nous irons au tir.

Il rejoignit Rastignac, qu'il prit familièrement par le bras :

– Quand je vous aurais prouvé qu'à trente-cinq pas je mets cinq fois de suite ma balle dans un as de pique, lui dit-il, cela ne vous ôterait pas votre courage. Vous m'avez l'air d'être un peu rageur, et vous vous feriez tuer comme un imbécile.

– Vous reculez, dit Eugène.

– Ne m'échauffez pas la bile, répondit Vautrin. Venez vous asseoir là-bas, dit-il en montrant les sièges peints en vert. Là, personne ne nous entendra. J'ai à causer avec vous. Vous êtes un bon petit jeune homme auquel je ne veux pas de mal. Je vous aime, foi de Tromp... (mille tonnerres !), foi de Vautrin. Mettez vos sacs là.

Rastignac posa son argent sur la table et s'assit, en proie à une curiosité que développa chez lui au plus haut degré le changement soudain opéré dans les manières de cet homme qui, après avoir parlé de le tuer, se posait comme son protecteur.

– Vous voudriez bien savoir qui je suis, ce que j'ai fait ou ce que je fais, reprit Vautrin. Vous êtes trop curieux, mon petit. Voilà ma vie antérieure en trois mots. Qui suis-je ? Vautrin. Que fais-je ? Ce qui me plaît. Voulez-vous connaître mon caractère ? Je suis bon avec ceux qui me font du bien, mais je suis méchant comme le diable avec ceux qui me tracassent ou qui ne me reviennent pas. Et il est bon de vous apprendre que je me soucie de tuer un homme comme de ça ! dit-il en lançant un jet de salive. Seulement je m'efforce de le tuer proprement, quand il le faut absolument. Mon petit, le duel est un jeu d'enfant, une sottise. Quand, de deux hommes vivants l'un doit disparaître, il faut être imbécile pour s'en remettre au hasard. Je mets cinq balles de suite dans un as de pique, et à trente-cinq pas encore ! Eh bien ! j'ai tiré sur un homme à vingt pas, je l'ai manqué. Le drôle n'avait jamais manié de sa vie un pistolet. Tenez ! ce blanc-bec m'a roussi le poil, ajouta-t-il en mettant le doigt de Rastignac sur un trou qu'il avait au sein. Mais dans ce temps-là, j'étais un enfant, j'avais votre âge, vingt et un ans. Je croyais encore à quelque chose, à l'amour d'une femme, un tas de bêtises dans lesquelles vous allez vous embarbouiller. Nous nous serions battus, pas vrai ? Vous auriez pu me tuer. Supposez que je sois en terre, où seriez-vous ? Il faudrait décamper, aller en Suisse, manger l'argent de papa, qui n'en a guère.

Savez-vous ce qu'il vous faut, à vous, au train dont vous allez ? Un million, et promptement.

Allons donc ! Nous avons de l'ambition, nous avons les Beauséant pour alliés et nous allons à pied, nous voulons la fortune et nous n'avons pas le sou, nous mangeons les *ratatouilles* de maman Vauquer et nous aimons les beaux dîners du faubourg Saint-Germain, nous couchons sur un grabat et nous voulons un hôtel ! Avoir de l'ambition, mon petit cœur, ce n'est pas donné à tout le monde. Demandez aux femmes quels hommes elles recherchent : les ambitieux. Les ambitieux ont les reins plus forts, le sang plus riche en fer, le cœur plus chaud que ceux des autres hommes.

Nous avons d'abord le Code à manger, ce n'est pas amusant, et ça n'apprend rien ; mais il le faut. Soit. Nous nous faisons avocat pour devenir président d'une cour d'assises, envoyer les pauvres diables qui valent mieux que nous avec T. F.[1] sur l'épaule, afin de prouver aux riches qu'ils peuvent dormir tranquillement. Ce n'est pas drôle, et puis c'est long.

Il faudra commencer par devenir le substitut de quelque drôle, dans un trou de ville où le gouvernement vous jettera mille francs d'appointements, comme on jette une soupe à un dogue de boucher ! Si vous n'avez pas de protections, vous pourrirez dans votre tribunal de province. Vers trente ans, vous serez juge à douze cents francs par an. Quand vous aurez atteint la quarantaine, vous épouserez quelque fille de meunier, riche d'environ six mille livres de rente. Ayez des protections, vous serez procureur du roi à trente ans, avec mille écus d'appointements, et vous épouserez la fille du maire. Si vous faites quelques-unes de ces petites bassesses politiques, vous serez, à quarante ans, procureur général, et pourrez devenir député.

1. T. F. : initiales de « travaux forcés ».

Remarquez, mon cher enfant, que nous aurons eu vingt ans d'ennuis, de misères secrètes. J'ai l'honneur de vous faire observer de plus qu'il n'y a que vingt procureurs généraux en France, et que vous êtes vingt mille aspirants au grade, parmi lesquels il se rencontre des farceurs qui vendraient leur famille pour monter d'un cran. Si le métier vous dégoûte, voyons autre chose.

Le baron de Rastignac veut-il être avocat ? Oh ! joli. Il faut pâtir pendant dix ans, dépenser mille francs par mois, avoir une bibliothèque, un cabinet, aller dans le monde, baiser la robe d'un avoué[1] pour avoir des causes, balayer le palais avec sa langue. Si ce métier vous menait à bien, je ne dirais pas non : mais trouvez-moi dans Paris cinq avocats qui, à cinquante ans, gagnent plus de cinquante mille francs par an ?

Tout ça n'est pas gai. Nous avons une ressource dans la dot d'une femme. Voulez-vous vous marier ? Ce sera vous mettre une pierre au cou ; puis, si vous vous mariez pour de l'argent, que deviennent nos sentiments d'honneur, notre noblesse ?

Voilà le carrefour de la vie, jeune homme, choisissez. Vous avez déjà choisi : vous êtes allé chez votre cousin de Beauséant, et vous y avez flairé le luxe. Vous êtes allé chez madame de Restaud, la fille du père Goriot, et vous y avez flairé la Parisienne. Ce jour-là, vous êtes revenu avec un mot sur votre front, et que j'ai bien su lire : *parvenir !* Parvenir à tout prix. Bravo ! ai-je dit, voilà un gaillard qui me va. Il vous a fallu de l'argent. Vous avez saigné vos sœurs.

1. Avoué : officier ministériel chargé de conseiller des clients dans des procès.

Après, que ferez-vous ? Vous travaillerez ? Le travail donne, dans les vieux jours, un appartement chez maman Vauquer à des gars de la force de Poiret. Une rapide fortune est le problème que se proposent de résoudre en ce moment cinquante mille jeunes gens qui se trouvent tous dans votre position. Vous verrez des femmes dont les maris ont six mille francs d'appointements pour tout potage, et qui dépensent plus de dix mille francs à leur toilette.

Vous verrez des employés à douze cents francs acheter des terres. Vous verrez des femmes se prostituer pour aller dans la voiture du fils d'un pair de France[1]. Vous avez vu le pauvre bêta de père Goriot obligé de payer la lettre de change endossée par sa fille, dont le mari a cinquante mille livres de rente.

Je vais vous faire une proposition que personne ne refuserait.

Moi, voyez-vous, j'ai une idée. Mon idée est d'aller vivre au milieu d'un grand domaine, cent mille arpents, par exemple, aux États-Unis, dans le Sud. Je veux m'y faire planteur, avoir des esclaves, gagner quelques bons petits millions à vendre mes bœufs, mon tabac, mes bois, en vivant comme un souverain. Je possède en ce moment cinquante mille francs qui me donneraient à peine quarante nègres. J'ai besoin de deux cent mille francs, parce que je veux deux cents nègres, afin de satisfaire mon goût pour la vie patriarcale.

1. Pair de France : membre de la Chambre des pairs, une des deux assemblées du Parlement sous la Restauration (1814-1830).

En deux mots, si je vous procure une dot d'un million, me donnerez-vous deux cent mille francs ? Vingt pour cent de commission, hein ! est-ce trop cher ?

– Que faut-il que je fasse ? dit avidement Rastignac en interrompant Vautrin.

– Presque rien, répondit cet homme en laissant échapper un mouvement de joie. Le cœur d'une pauvre fille malheureuse et misérable est l'éponge la plus avide à se remplir d'amour. Faire la cour à une jeune personne qui se rencontre dans des conditions de solitude, de désespoir et de pauvreté sans qu'elle se doute de sa fortune à venir ! dam[1] ! c'est connaître les numéros à la loterie. Viennent des millions à cette jeune fille, elle vous les jettera aux pieds, comme si c'était des cailloux.

– Mais où trouver une fille ? dit Eugène.

– Elle est devant vous !

– Mademoiselle Victorine ? Elle n'a pas un sou, reprit Eugène étonné.

– Ah ! nous y voilà. Encore deux mots, dit Vautrin, et tout s'éclaircira. Le père Taillefer est un vieux coquin qui passe pour avoir assassiné l'un de ses amis pendant la Révolution. Il est banquier, principal associé de la maison Frédéric Taillefer et compagnie. Il a un fils unique, auquel il veut laisser son bien au détriment de Victorine. Moi, je n'aime pas ces injustices-là. Si la volonté de Dieu était de lui retirer son fils, Taillefer reprendrait sa fille ; il voudrait un héritier quelconque. Victorine est

1. Dam : parbleu, pardi (se rencontre plus souvent sous la forme « dame »).

douce et gentille, elle aura bientôt entortillé son père ! Elle sera trop sensible à votre amour pour vous oublier, vous l'épouserez. Moi, je me charge du rôle de la Providence. J'ai un ami, un colonel de l'armée de la Loire qui vient d'être employé dans la garde royale. Il écoute mes avis. Sur un seul mot de son papa Vautrin, il cherchera querelle à ce drôle et…

Ici Vautrin se leva, se mit en garde et fit le mouvement d'un maître d'armes qui se fend[1].

– Quelle horreur ! dit Eugène. Vous voulez plaisanter, monsieur Vautrin ?

– Là, là, du calme, reprit cet homme. Ne faites pas l'enfant : cependant, si cela peut vous amuser, courroucez-vous ! emportez-vous ! Je vous pardonne, c'est si naturel à votre âge ! Seulement, réfléchissez. Vous ferez pis quelque jour.

– Silence, monsieur, je ne veux pas en entendre davantage, vous me feriez douter de moi-même.

– À votre aise, bel enfant. Je vous croyais plus fort, dit Vautrin. Un dernier mot, cependant.

Il regarda fixement l'étudiant :

– Vous avez mon secret, lui dit-il.

– Un jeune homme qui vous refuse saura bien l'oublier.

– Vous avez bien dit cela, ça me fait plaisir. Un autre, voyez-vous, sera moins scrupuleux. Souvenez-vous de ce que je veux faire pour vous. Je vous donne quinze jours. C'est à prendre ou à laisser.

1. Se fend : porte la jambe droite en avant (terme d'escrime).

« Quelle tête de fer a donc cet homme ! se dit Rastignac en voyant Vautrin s'en aller tranquillement, sa canne sous le bras. Il m'a dit crûment ce que madame de Beauséant me disait en y mettant des formes. Pourquoi veux-je aller chez madame de Nucingen ? Si la vertu ne souffre pas de capitulation, j'ai donc volé mes sœurs ? »

Il s'assit, et resta là plongé dans une étourdissante méditation.

« Je veux travailler noblement, ne devoir ma fortune qu'à mon labeur. Ce sera la plus lente des fortunes, mais chaque jour ma tête reposera sur mon oreiller sans une pensée mauvaise. »

Eugène fut tiré de sa rêverie par la voix de la grosse Sylvie, qui lui annonça son tailleur. Quand il eut essayé ses habits du soir, il remit sa nouvelle toilette du matin qui le métamorphosait complètement.

« Je vaux bien monsieur de Trailles, se dit-il. Enfin j'ai l'air d'un gentilhomme ! »

– Monsieur, dit le père Goriot en entrant chez Eugène, vous m'avez demandé si je connaissais les maisons où va madame de Nucingen ?

– Oui !

– Eh bien ! elle va lundi prochain au bal du maréchal Carigliano. Si vous pouvez y être, vous me direz si mes deux filles se sont bien amusées, comment elles seront mises, enfin tout.

– Comment avez-vous su cela, mon bon père Goriot ? dit Eugène en le faisant asseoir à son feu.

– Sa femme de chambre me l'a dit. Je sais tout ce

qu'elles font par Thérèse et par Constance[1]. Vous les verrez, vous ! dit-il en exprimant avec naïveté une douloureuse envie.

– Je ne sais pas, répondit Eugène. Je vais aller chez madame de Beauséant lui demander si elle peut me présenter à la maréchale.

En se voyant bien mis, bien ganté, bien botté, Rastignac oublia sa vertueuse résolution.

Depuis quelques jours, les deux voisins, Eugène et le père Goriot, étaient devenus bons amis. Le père Goriot avait flairé la compassion, l'admirative bonté, les sympathies juvéniles qui s'étaient émues pour lui dans le cœur de l'étudiant.

– Mon cher monsieur, lui avait-il dit, comment avez-vous pu croire que madame de Restaud vous en ait voulu d'avoir prononcé mon nom ? Mes deux filles m'aiment bien. Je suis heureux père. Seulement, mes deux gendres se sont mal conduits envers moi, et j'ai préféré les voir en secret. Ce mystère me donne mille jouissances que ne comprennent pas les autres pères qui peuvent voir leurs filles quand ils veulent. Moi, je ne le peux pas, comprenez-vous ? Alors je vais, quand il fait beau, dans les Champs-Élysées, après avoir demandé aux femmes de chambre si mes filles sortent. Je les attends au passage, le cœur me bat quand les voitures arrivent, je les admire dans leur toilette, elles me jettent en passant un petit rire qui me dore la nature comme s'il y tombait un rayon de quelque beau

1. Thérèse est la femme de chambre de Delphine, Constance est celle d'Anastasie.

soleil. Je vis de leurs plaisirs. Chacun a sa façon d'aimer, la mienne ne fait pourtant de mal à personne, pourquoi le monde s'occupe-t-il de moi ? Je suis heureux à ma manière. Est-ce contre les lois que j'aille voir mes filles, le soir, au moment où elles sortent de leurs maisons pour se rendre au bal ? Je vous en prie, ne parlez de moi que pour dire combien mes filles sont bonnes. Elles veulent me combler de toutes sortes de cadeaux ; je les en empêche.

Quand vous aurez vu madame de Nucingen, vous me direz celle des deux que vous préférez, dit le bonhomme après un moment de silence, en voyant Eugène qui se disposait à partir pour aller se promener aux Tuileries en attendant l'heure de se présenter chez madame de Beauséant.

Cette promenade fut fatale à l'étudiant. Quelques femmes le remarquèrent. Il était si beau, si jeune, et d'une élégance de si bon goût ! En se voyant l'objet d'une attention presque admirative, il ne pensa plus à ses sœurs ni à sa tante dépouillées, ni à ses vertueuses répugnances.

La parole de Vautrin, quelque cynique qu'elle fût, s'était logée dans son cœur. Après avoir indolemment[1] flâné, vers cinq heures Eugène se présenta chez madame de Beauséant, et il y reçut un de ces coups terribles contre lesquels les cœurs jeunes sont sans armes. Il avait jusqu'alors trouvé la vicomtesse pleine de cette aménité polie, de cette grâce donnée par l'éducation aristocratique.

1. Indolemment : nonchalamment, paresseusement.

Quand il entra, madame de Beauséant lui dit d'une voix brève :

– Monsieur de Rastignac, il m'est impossible de vous voir, en ce moment du moins ! Je suis en affaire...

Il aperçut la main de fer sous le gant de velours ; la personnalité, l'égoïsme, sous les manières. Rastignac voulait arriver au bal de la duchesse de Carigliano, il dévora cette bourrasque.

– Madame, dit-il d'une voix émue, s'il ne s'agissait pas d'une chose importante, je ne serais pas venu vous importuner ; soyez assez gracieuse pour me permettre de vous voir plus tard, j'attendrai.

– Eh bien ! venez dîner avec moi, dit-elle un peu confuse de la dureté qu'elle avait mise dans ses paroles ; car cette femme était vraiment aussi bonne que grande.

Quoique touché de ce retour soudain, Eugène se dit en s'en allant :

« Rampe, supporte tout. Que doivent être les autres si, dans un moment, la meilleure des femmes efface les promesses de son amitié, te laisse là comme un vieux soulier ? »

Quand il revint, il la trouva pleine de cette bonté gracieuse qu'elle lui avait toujours témoignée. Tous deux allèrent dans une salle à manger où le vicomte attendait sa femme, et où resplendissait ce luxe de table qui sous la Restauration fut poussé, comme chacun le sait, au plus haut degré. Monsieur de Beauséant, semblable à beaucoup de gens blasés, n'avait plus guère d'autres plaisirs que ceux de la bonne chère. Jamais semblable spectacle n'avait frappé les yeux d'Eugène, qui dînait pour la première fois dans une de ces maisons où les grandeurs sociales sont héréditaires.

En voyant cette argenterie sculptée et les mille recherches d'une table somptueuse, il était difficile à un homme d'ardente imagination de ne pas préférer cette vie constamment élégante à la vie de privations qu'il voulait embrasser le matin. Sa pensée le rejeta pendant un moment dans sa pension bourgeoise ; il en eut une si profonde horreur qu'il se jura de la quitter au mois de janvier, autant pour se mettre dans une maison propre que pour fuir Vautrin, dont il sentait la large main sur son épaule.

– Me menez-vous ce soir aux Italiens ? demanda la vicomtesse à son mari.

– Vous ne pouvez douter du plaisir que j'aurais à vous obéir, répondit-il avec une galanterie moqueuse, mais je dois aller rejoindre quelqu'un aux Variétés[1].

« Sa maîtresse », se dit-elle.

– Vous n'avez donc pas d'Ajuda ce soir ? demanda le vicomte.

– Non, répondit-elle avec humeur.

– Eh bien ! s'il vous faut absolument un bras, prenez celui de monsieur de Rastignac.

La vicomtesse regarda Eugène en souriant. Quelques moments après, il fut emporté près de madame de Beauséant, dans un coupé rapide, au théâtre à la mode, et crut à quelque féerie lorsqu'il entra dans une loge de face, et qu'il se vit le but de toutes les lorgnettes.

1. Variétés : théâtre des Variétés, situé sur les Grands Boulevards.

– Ah ! tenez, voici madame de Nucingen à trois loges de la nôtre. Sa sœur et monsieur de Trailles sont de l'autre côté, lui dit madame de Beauséant.

En disant ces mots, la vicomtesse regardait la loge où devait être mademoiselle de Rochefide et, n'y voyant pas monsieur d'Ajuda, sa figure prit un éclat extraordinaire.

– Elle est charmante, dit Eugène après avoir regardé madame de Nucingen.

– Elle a les cils blonds.

– Oui, mais quelle jolie taille mince !

– Elle a de grosses mains.

– Les beaux yeux !

– Elle a le visage en long.

– Mais la forme longue a de la distinction.

– Cela est heureux pour elle qu'il y en ait là. Voyez comment elle prend et quitte son lorgnon ! Le Goriot perce dans tous ses mouvements, dit la vicomtesse au grand étonnement d'Eugène.

L'assemblée était exquisément belle. Delphine de Nucingen n'était pas peu flattée d'occuper exclusivement le jeune, le beau, l'élégant cousin de madame de Beauséant.

– Si vous continuez à la couvrir de vos regards, vous allez faire scandale, monsieur de Rastignac. Vous ne réussirez à rien si vous vous jetez ainsi à la tête des gens.

– Ma chère cousine, dit Eugène, vous m'avez déjà bien protégé ; si vous voulez achever votre ouvrage, je ne vous demande plus que de me rendre un service qui vous donnera peu de peine. Ayez la bonté de me présenter madame la duchesse de Carigliano et de m'amener au bal qu'elle donne lundi. J'y rencontrerai madame de Nucingen, et je livrerai ma première escarmouche.

– Volontiers, dit-elle. Si vous vous sentez déjà du goût pour elle, vos affaires de cœur vont très bien. Voici de Marsay dans la loge de la princesse Galathionne. Madame de Nucingen est au supplice, elle se dépite. Il n'y a pas de meilleur moment pour aborder une femme, surtout une femme de banquier. Ces dames de la Chaussée-d'Antin aiment toutes la vengeance.

– Que feriez-vous donc, vous, en pareil cas ?

– Moi, je souffrirais en silence.

En ce moment, le marquis d'Ajuda se présenta dans la loge de madame de Beauséant.

– J'ai mal fait mes affaires afin de venir vous retrouver, dit-il.

Les rayonnements du visage de la vicomtesse apprirent à Eugène à reconnaître les expressions d'un véritable amour, et à ne pas les confondre avec les simagrées de la coquetterie parisienne.

– Vous connaissez assez madame de Nucingen pour lui présenter monsieur de Rastignac ? dit-elle au marquis d'Ajuda.

– Mais elle sera charmée de voir monsieur, dit le marquis.

Le beau Portugais se leva, prit le bras de l'étudiant qui, en un clin d'œil, se trouva auprès de madame de Nucingen.

– Madame la baronne, dit le marquis, j'ai l'honneur de vous présenter le chevalier Eugène de Rastignac, un cousin de la vicomtesse de Beauséant. Vous faites une si vive impression sur lui que j'ai voulu compléter son bonheur en le rapprochant de son idole.

Madame de Nucingen sourit et offrit à Eugène la place de son mari, qui venait de sortir.

– Je n'ose pas vous proposer de rester près de moi, monsieur, lui dit-elle. Quand on a le bonheur d'être auprès de madame de Beauséant, on y reste.

– Mais, lui dit à voix basse Eugène, il me semble, madame, que si je veux plaire à ma cousine, je demeurerai près de vous. Avant l'arrivée de monsieur le marquis, nous parlions de vous et de la distinction de toute votre personne, dit-il à haute voix.

Monsieur d'Ajuda se retira.

– Vraiment, monsieur, dit la baronne, vous allez me rester ? Nous ferons donc connaissance. Madame de Restaud m'avait déjà donné le plus vif désir de vous voir.

– Elle est donc bien fausse, elle m'a fait consigner à sa porte.

– Comment ?

– Madame, j'aurai la conscience de vous en dire la raison ; mais je réclame toute votre indulgence en vous confiant un pareil secret. Je suis le voisin de monsieur votre père. J'ignorais que madame de Restaud fût sa fille. J'ai eu l'imprudence d'en parler fort innocemment, et j'ai fâché madame votre sœur et son mari.

Je leur ai raconté la scène, à madame la duchesse de Langeais et à ma cousine, elles en ont ri comme des folles. Ce fut alors qu'en faisant un parallèle entre vous et votre sœur, madame de Beauséant me dit combien vous étiez excellente pour mon voisin, monsieur Goriot.

Comment, en effet, ne l'aimeriez-vous pas ? Il vous adore si passionnément que j'en suis déjà jaloux. Nous avons parlé de vous ce matin pendant deux heures. Puis, tout plein de ce que votre père m'a raconté, ce soir en dînant avec ma cousine, je lui disais que vous ne pouviez pas être aussi belle que vous étiez aimante. Voulant sans doute favoriser une si chaude admiration, madame de Beauséant m'a amené ici, en me disant avec sa grâce habituelle que je vous y verrais.

– Comment, monsieur, dit la femme du banquier, je vous dois déjà de la reconnaissance ? Encore un peu, nous allons être de vieux amis.

– Quoique l'amitié doive être près de vous un sentiment peu vulgaire, dit Rastignac, je ne veux jamais être votre ami.

Ces sottises stéréotypées à l'usage des débutants paraissent toujours charmantes aux femmes, et ne sont pauvres que lues à froid. Madame de Nucingen trouva Rastignac charmant.

– Oui, ma sœur se fait tort par la manière dont elle se conduit avec ce pauvre père. Il a fallu que monsieur de Nucingen m'ordonnât positivement de ne voir mon père que le matin pour que je cédasse sur ce point. Mais j'en ai longtemps été bien malheureuse. Ces violences, venues après les brutalités du mariage, ont été l'une des raisons qui troublèrent le plus mon ménage. Vous allez me trouver folle de vous parler ainsi. Mais vous connaissez mon père et, à ce titre, vous ne pouvez pas m'être étranger.

– Vous n'avez jamais rencontré personne, lui dit Eugène, qui soit animé d'un plus vif désir de vous appartenir. Moi, voyez-vous, vous allez rire de ma naïveté, j'arrive du fond d'une province, entièrement neuf, n'ayant connu que de belles âmes, et je comptais rester sans amour. Je suis, comme Chérubin[1], l'amant de toutes les femmes, en attendant que je puisse me dévouer à quelqu'une d'entre elles. En vous voyant, quand je suis entré, je me suis senti porté vers vous comme par un courant. J'avais déjà tant pensé à vous ! Mais je ne vous avais pas rêvée aussi belle que vous l'êtes en réalité.

Rien ne plaît plus aux femmes que de s'entendre débiter ces douces paroles. La plus sévère dévote les écoute, même quand elle ne doit pas y répondre. Après avoir ainsi commencé, Rastignac défila son chapelet d'une voix coquettement sourde ; et madame de Nucingen encourageait Eugène par des sourires en regardant de temps en temps de Marsay, qui ne quittait pas la loge de la princesse Galathionne. Rastignac resta près de madame de Nucingen jusqu'au moment où son mari vint la chercher.

– Madame, lui dit Eugène, j'aurai le plaisir de vous aller voir avant le bal de la duchesse de Carigliano.

L'étudiant revint à pied du Théâtre-Italien à la rue Neuve-Sainte-Geneviève, en faisant les plus doux projets. Il avait bien remarqué l'attention avec laquelle madame de Restaud l'avait examiné, soit dans la loge de la vicomtesse, soit dans celle de madame de Nucingen,

1. Chérubin : jeune page du comte Almaviva qui déclare sa flamme à la comtesse dans *Le Mariage de Figaro* de Beaumarchais (1784).

et il présuma que la porte de la comtesse ne lui serait plus fermée. Sans trop s'expliquer les moyens, il devinait par avance que, dans le jeu compliqué des intérêts de ce monde, il devait s'accrocher à un rouage pour se trouver en haut de la machine, et il se sentait la force d'en enrayer la roue.

« Si madame de Nucingen s'intéresse à moi, je lui apprendrai à gouverner son mari. Ce mari fait des affaires d'or, il pourra m'aider à ramasser tout d'un coup une fortune. »

Il ne se disait pas cela crûment, il n'était pas encore assez politique pour chiffrer une situation, l'apprécier et la calculer ; ces idées flottaient à l'horizon sous la forme de légers nuages.

L'étudiant frappa rudement à la porte du père Goriot.

– Mon voisin, dit-il, j'ai vu madame Delphine aux Italiens.

Et le bonhomme, qui s'était levé en chemise, ouvrit sa porte et se recoucha promptement.

– Entrez. Parlez-moi donc d'elle, demanda-t-il.

Eugène, qui se trouvait pour la première fois chez le père Goriot, ne fut pas maître d'un mouvement de stupéfaction en voyant le bouge[1] où vivait le père, après avoir admiré la toilette de la fille. La fenêtre était sans rideaux ; le bonhomme gisait sur un mauvais lit, n'avait qu'une maigre couverture et un couvre-pied ouaté fait avec les bons morceaux des vieilles robes de madame Vauquer. Le carreau était humide et plein de poussière.

1. Bouge : logement misérable.

Le plus pauvre commissionnaire était certes moins mal meublé dans son grenier que ne l'était le père Goriot chez madame Vauquer. L'aspect de cette chambre donnait froid et serrait le cœur, elle ressemblait au plus triste logement d'une prison. Heureusement Goriot ne vit pas l'expression qui se peignit sur la physionomie d'Eugène quand celui-ci posa sa chandelle sur la table de nuit. Le bonhomme se tourna de son côté en restant couvert jusqu'au menton.

– Eh bien ! qui aimez-vous mieux de madame de Restaud ou de madame de Nucingen ?

– Je préfère madame Delphine, répondit l'étudiant, parce qu'elle vous aime mieux.

– Merci, merci, répondit le vieillard ému. Que vous a-t-elle donc dit de moi ?

L'étudiant répéta les paroles de la baronne en les embellissant.

– Chère enfant ! oui, elle m'aime bien. Mais ne la croyez pas dans ce qu'elle vous a dit d'Anastasie. Les deux sœurs se jalousent, voyez-vous ? C'est encore une preuve de leur tendresse. Madame de Restaud m'aime bien aussi. Je le sais. Oh ! si j'avais eu de bons gendres, j'aurais été trop heureux. Il n'est sans doute pas de bonheur complet ici-bas. Si j'avais vécu chez elles, rien que d'entendre leurs voix, de les savoir là, de les voir aller, sortir, comme quand je les avais chez moi, ça m'eût fait cabrioler le cœur. Étaient-elles bien mises ?

– Oui, dit Eugène. Mais, monsieur Goriot, comment, en ayant des filles aussi richement établies que sont les vôtres, pouvez-vous demeurer dans un taudis pareil ?

– Ma foi, dit-il d'un air en apparence insouciant, à quoi cela me servirait-il d'être mieux ? Je ne puis guère vous expliquer ces choses-là. Ma vie, à moi, est dans mes deux filles. Si elles s'amusent, si elles sont heureuses, qu'importe comment est l'endroit où je me couche ? Je n'ai point froid si elles ont chaud, je ne m'ennuie jamais si elles rient. Je n'ai de chagrins que les leurs. Monsieur, je suis ainsi avec mes filles. Mon Dieu ! un homme qui rendrait ma petite Delphine aussi heureuse qu'une femme l'est quand elle est bien aimée ; mais je lui cirerais ses bottes, je lui ferais ses commissions. J'ai su par sa femme de chambre que ce petit monsieur de Marsay est un mauvais chien. Il m'a pris des envies de lui tordre le cou. Où a-t-elle eu les yeux d'épouser cette grosse souche d'Alsacien ? Il leur fallait à toutes deux de jolis jeunes gens bien aimables. Enfin, elles ont fait à leur fantaisie.

Le père Goriot était sublime. Jamais Eugène ne l'avait pu voir illuminé par les feux de sa passion paternelle.

– Eh bien ! vous ne serez peut-être pas fâché d'apprendre, lui dit Eugène, qu'elle va rompre sans doute avec ce de Marsay. Il l'a quittée pour s'attacher à la princesse Galathionne. Quant à moi, ce soir, je suis tombé amoureux de madame Delphine. Nous avons parlé amour pendant une heure, et je dois aller la voir après-midi samedi.

– Oh ! que je vous aimerais, mon cher monsieur, si vous lui plaisiez. Vous êtes bon, vous ne la tourmenteriez point. Adieu, mon voisin, dormez bien, faites de beaux rêves ! Vous avez été pour moi ce soir comme un bon ange ; vous me rapportez l'air de ma fille.

« Le pauvre homme, se dit Eugène en se couchant, sa fille n'a pas plus pensé à lui qu'au Grand Turc. »

Depuis cette conversation, le père Goriot vit dans son voisin un confident inespéré, un ami. Il s'était établi entre eux les seuls rapports par lesquels ce vieillard pouvait s'attacher à un autre homme. Le père Goriot se voyait un peu plus près de sa fille Delphine, il s'en voyait mieux reçu, si Eugène devenait cher à la baronne. Il se prit donc pour son voisin d'une amitié qui alla croissant.

Le lendemain matin, au déjeuner, l'affectation avec laquelle le père Goriot regardait Eugène surprit les pensionnaires. Vautrin, qui revoyait l'étudiant pour la première fois depuis leur conférence, semblait vouloir lire dans son âme. En se souvenant du projet de cet homme, Eugène pensa nécessairement à la dot de mademoiselle Taillefer, et ne put s'empêcher de regarder Victorine comme le plus vertueux jeune homme regarde une riche héritière. Par hasard, leurs yeux se rencontrèrent. La pauvre fille ne manqua pas de trouver Eugène charmant dans sa nouvelle tenue. Le coup d'œil qu'ils échangèrent fut assez significatif pour que Rastignac ne doutât pas d'être pour elle l'objet de ces confus désirs qui atteignent toutes les jeunes filles et qu'elles rattachent au premier être séduisant. Mais il se rejeta dans ses souvenirs de la veille, et pensa que sa passion de commande pour madame de Nucingen était l'antidote de ses mauvaises pensées involontaires.

– L'on donnait hier aux Italiens *Le Barbier de Séville*[1]

1. *Le Barbier de Séville* : comédie de Beaumarchais (1775), adaptée pour l'opéra par Rossini en 1816.

de Rossini. Je n'avais jamais entendu de si délicieuse musique, dit-il. Mon Dieu ! est-on heureux d'avoir une loge aux Italiens.

Le père Goriot saisit cette parole au vol comme un chien saisit un mouvement de son maître.

– Vous irez peut-être voir madame de Nucingen, dit Eugène à voix basse à Goriot. Elle vous recevra certes à bras ouverts ; elle voudra savoir de vous mille petits détails sur moi. J'ai appris qu'elle ferait tout au monde pour être reçue chez ma cousine, madame la vicomtesse de Beauséant. N'oubliez pas de lui dire que je l'aime trop pour ne pas penser à lui procurer cette satisfaction.

Rastignac s'en alla promptement à l'école de droit, il voulait rester le moins de temps possible dans cette odieuse maison. Il flâna pendant presque toute la journée. Les raisonnements de Vautrin le faisaient réfléchir à la vie sociale, au moment où il rencontra son ami Bianchon dans le jardin du Luxembourg.

– Où as-tu pris cet air grave ? lui dit l'étudiant en médecine en lui prenant le bras pour se promener devant le palais.

– Je suis tourmenté par de mauvaises idées. As-tu lu Rousseau ? Te souviens-tu de ce passage où il demande à son lecteur ce qu'il ferait au cas où il pourrait s'enrichir en tuant à la Chine par sa seule volonté un vieux mandarin, sans bouger de Paris.

– Oui.

– Eh bien ?

– Bah ! J'en suis à mon trente-troisième mandarin.

– Ne plaisante pas. Tu es un brave garçon, Bianchon. Mais si tu aimais une femme à te mettre pour elle l'âme à l'envers, et qu'il lui fallût de l'argent, beaucoup d'argent pour sa toilette, pour sa voiture, pour toutes ses fantaisies enfin ?

– Mais tu m'ôtes la raison, et tu veux que je raisonne.

– Eh bien ! je suis fou, guéris-moi. J'ai deux sœurs qui sont des anges de beauté, de candeur, et je veux qu'elles soient heureuses. Où prendre deux cent mille francs pour leur dot d'ici à cinq ans ? Il est, vois-tu, des circonstances dans la vie où il faut jouer gros jeu et ne pas user son bonheur à gagner des sous.

– Mais pour agir ainsi, mon cher, il faut être Alexandre[1], sinon l'on va au bagne. Moi, je suis heureux de la petite existence que je me créerai en province, où je succéderai tout bêtement à mon père. Napoléon ne dînait pas deux fois, et ne pouvait pas avoir plus de maîtresses qu'en prend un étudiant en médecine quand il est interne aux Capucins. Notre bonheur, mon cher, tiendra toujours entre la plante de nos pieds et notre occiput ; et, qu'il coûte un million par an ou cent louis, la perception intrinsèque[2] en est la même au-dedans de nous. Je conclus à la vie du Chinois.

– Merci, tu m'as fait du bien, Bianchon ! Nous serons toujours amis.

– Dis donc, reprit l'étudiant en médecine, en sortant

1. Alexandre : roi de Macédoine du IVe siècle avant Jésus-Christ, célèbre pour ses immenses conquêtes.

2. Perception intrinsèque : perception intime, indépendamment des circonstances extérieures.

du cours, je viens d'apercevoir la Michonneau et le Poiret au Jardin des Plantes causant sur un banc avec un monsieur qui m'a fait l'effet d'être un homme de la police déguisé en honnête bourgeois vivant de ses rentes. Étudions ce couple-là. Adieu, je vais répondre à mon appel de quatre heures.

Quand Eugène revint à la pension, il trouva le père Goriot qui l'attendait.

– Tenez, dit le bonhomme, voilà une lettre d'elle. Hein, la jolie écriture !

Eugène décacheta la lettre et lut.

Monsieur, mon père m'a dit que vous aimiez la musique italienne. Je serais heureuse si vous vouliez me faire le plaisir d'accepter une place dans ma loge. Monsieur de Nucingen se joint à moi pour vous prier de venir dîner avec nous sans cérémonie. Si vous acceptez, vous le rendrez bien content de n'avoir pas à s'acquitter de sa corvée conjugale en m'accompagnant. Ne me répondez pas, venez, et agréez mes compliments.

D. de N.

– Vous irez, n'est-ce pas ?

« Une femme ne se jette pas ainsi à la tête d'un homme, se disait l'étudiant. Elle veut se servir de moi pour ramener de Marsay. Il n'y a que le dépit qui fasse faire de ces choses-là. »

Eugène ne connaissait pas le délire de vanité dont certaines femmes étaient saisies en ce moment, et ne savait pas que, pour s'ouvrir une porte dans le faubourg

Saint-Germain, la femme d'un banquier était capable de tous les sacrifices.

Mais sa défiance le servit bien, elle lui donna de la froideur, et le triste pouvoir de poser des conditions au lieu d'en recevoir.

– Oui, j'irai, répondit-il.

Néanmoins, il n'attendit pas le lendemain et l'heure de partir sans une sorte d'impatience. Pour un jeune homme, il existe dans sa première intrigue autant de charmes peut-être qu'il s'en rencontre dans un premier amour. Il regarda complaisamment sa taille mince, en déplissant son habit.

« Il est certain, se dit-il, qu'on en peut trouver de plus mal tournés ! »

Puis il descendit au moment où tous les habitués de la pension étaient à table, et reçut gaiement le hourra de sottises que sa tenue élégante excita. Au milieu des rires et des plaisanteries, Eugène put saisir le regard furtif de mademoiselle Taillefer qui se pencha sur madame Couture, à l'oreille de laquelle elle dit quelques mots.

– Voilà le cabriolet, dit Sylvie.

– Où dîne-t-il donc ? demanda Bianchon.

– Chez madame la baronne de Nucingen.

– La fille de monsieur Goriot, répondit l'étudiant.

À ce nom, les regards se portèrent sur l'ancien vermicellier, qui contemplait Eugène avec une sorte d'envie.

Rastignac arriva rue Saint-Lazare, dans une véritable maison de banquier, pleine de recherches coûteuses, de stucs, de paliers d'escalier en mosaïque de marbre. La baronne était triste. Les efforts qu'elle fit pour cacher son chagrin intéressèrent d'autant plus vivement Eugène qu'il n'y avait rien de joué. Il croyait rendre une femme joyeuse par sa présence, et la trouvait au désespoir. Ce désappointement piqua son amour-propre.

– Mais qu'avez-vous ?

– Ne vous le disais-je pas avant-hier ? Je ne suis point heureuse. Les chaînes d'or sont les plus pesantes.

– Que pouvez-vous désirer ? Vous êtes belle, jeune, aimée, riche.

– Ne parlons pas de moi, dit-elle en faisant un sinistre mouvement de tête. Nous dînerons ensemble, tête à tête, nous irons entendre la plus délicieuse musique. Suis-je à votre goût ? reprit-elle en se levant et montrant sa robe en cachemire blanc à dessins perses de la plus riche élégance.

– Je voudrais que vous fussiez toute à moi, dit Eugène. Vous êtes charmante. Écoutez ; si vous avez des chagrins, vous devez me les confier. Je peux vous prouver que je vous aime pour vous. Ou vous parlerez et me direz vos peines afin que je puisse les dissiper, fallût-il tuer six hommes, ou je sortirai pour ne plus revenir.

– Eh bien ! s'écria-t-elle, saisie par une pensée de désespoir qui la fit se frapper le front, je vais vous mettre à l'instant même à l'épreuve.

Elle sonna.

– La voiture de monsieur est-elle attelée ? dit-elle à son valet de chambre.

– Oui, madame.

– Je la prends. Vous lui donnerez la mienne et mes chevaux. Vous ne servirez le dîner qu'à sept heures.

– Au Palais-Royal, dit-elle au cocher, près du Théâtre-Français[1].

En route, elle parut agitée, et refusa de répondre aux mille interrogations d'Eugène, qui ne savait que penser de cette résistance muette. Quand la voiture s'arrêta, la baronne regarda l'étudiant.

– Êtes-vous disposé à m'obéir ?

– Aveuglément.

– Êtes-vous allé quelquefois au jeu ? dit-elle d'une voix tremblante.

– Jamais.

– Ah ! je respire. Vous aurez du bonheur. Voici ma bourse, dit-elle. Prenez donc ! Il y a cent francs, c'est tout ce que possède cette femme si heureuse. Montez dans une maison de jeu. Risquez les cent francs à la roulette, et perdez tout ou rapportez-moi six mille francs. Je vous dirai mes chagrins à votre retour.

– Je veux bien que le diable m'emporte si je comprends quelque chose à ce que je vais faire, mais je vais vous obéir.

Eugène prend la jolie bourse, court au numéro neuf. Il y monte, se laisse prendre son chapeau ; il demande où est la roulette.

– Si vous placez un louis sur un seul de ces trente-six numéros, et qu'il sorte, vous aurez trente-six louis, lui dit un vieillard respectable à cheveux blancs.

Eugène jette les cent francs sur le chiffre de son âge, vingt et un. Un cri d'étonnement part sans qu'il ait eu le temps de se reconnaître. Il avait gagné sans le savoir.

1. Théâtre-Français : autre nom de la Comédie-Française.

– Retirez donc votre argent, lui dit le vieux monsieur, l'on ne gagne pas deux fois dans ce système-là.

Eugène prend un râteau que lui tend le vieux monsieur, il tire à lui les trois mille six cents francs et, toujours sans rien savoir du jeu, les place sur la rouge. La galerie le regarde avec envie, en voyant qu'il continue à jouer. La roue tourne, il gagne encore, et le banquier lui jette encore trois mille six cents francs.

– Vous avez sept mille deux cents francs à vous, lui dit à l'oreille le vieux monsieur. Si vous m'en croyez, vous vous en irez.

Rastignac, étourdi, descend avec les sept mille francs, ne comprenant encore rien au jeu, mais stupéfié de son bonheur.

– Ah çà ! où me mènerez-vous maintenant, dit-il en montrant les sept mille francs à madame de Nucingen quand la portière fut refermée.

Delphine le serra par une étreinte folle et l'embrassa vivement, mais sans passion.

– Vous m'avez sauvée !

Des larmes de joie coulèrent en abondance sur ses joues.

– Je vais tout vous dire, mon ami. Vous me voyez riche, opulente ! Eh bien ! sachez que monsieur de Nucingen ne me laisse pas disposer d'un sou : il paye toute la maison, mes voitures, mes loges ; il m'alloue pour ma toilette une somme insuffisante, il me réduit à une misère secrète par calcul. Je suis trop fière pour l'implorer. Comment, moi riche de sept cent mille francs, me suis-je laissé dépouiller ? Nous sommes si jeunes, si naïves, quand nous commençons la vie conjugale ! Je n'osais jamais, je mangeais l'argent de mes économies et celui que me donnait mon pauvre père ; puis je me suis endettée. Le mariage est pour moi la plus horrible des déceptions. Quand il a fallu lui déclarer mes dettes de jeune femme, des bijoux, des fantaisies, j'ai souffert le martyre ; mais enfin j'ai trouvé le courage de les dire. N'avais-je pas une fortune à moi ? Nucingen s'est emporté, il m'a dit que je le ruinerais ! Comme il avait pris ma dot, il a payé ; mais en stipulant désormais pour mes dépenses personnelles une pension à laquelle je me suis résignée, afin d'avoir la paix. Depuis, j'ai voulu répondre à l'amour-propre de quelqu'un que vous connaissez, dit-elle. Il m'a quittée indignement ! *On* ne devrait jamais abandonner une femme à laquelle on a jeté, dans un jour de détresse, un tas d'or ! *On* doit l'aimer toujours ! Vous ne savez pas ce que j'ai souffert aujourd'hui, lorsque Nucingen m'a positivement refusé de me donner six mille francs, lui qui les donne tous les mois à sa maîtresse, une fille de l'Opéra ! Je voulais me tuer. Aller trouver mon père, folie ! Anastasie et moi nous l'avons égorgé : mon pauvre père se serait vendu s'il pouvait valoir six mille francs. J'aurais été le désespérer en vain. Vous m'avez sauvée de la honte et de la mort. Ah ! monsieur, je vous devais cette explication. Si quelques femmes se vendent à leurs maris pour les gouverner, moi au moins je suis libre ! Je pourrais me faire couvrir d'or par Nucingen, et je préfère pleurer la tête appuyée sur le cœur d'un homme que je puisse estimer. Ah ! ce soir monsieur de Marsay n'aura pas le droit de me regarder comme une femme qu'il a payée.

Elle se mit le visage dans ses mains, pour ne pas montrer ses pleurs à Eugène. Elle lui prit la main et la mit sur son cœur par un mouvement plein de reconnaissance et de gentillesse.

– Grâce à vous me voilà redevenue libre et joyeuse. Je vivais pressée par une main de fer. Je veux maintenant vivre simplement, ne rien dépenser. Vous me trouverez bien comme je serai, mon ami, n'est-ce pas ? Gardez ceci, dit-elle en ne prenant que six billets de banque. En conscience, je vous dois mille écus.

Ils étaient arrivés.

– Mettez-vous là, dit la baronne en entrant dans sa chambre et montrant une causeuse auprès du feu. Je vais écrire une lettre bien difficile ! Conseillez-moi.

– N'écrivez pas, lui dit Eugène, enveloppez les billets, mettez l'adresse, et envoyez-les par votre femme de chambre.

– Mais vous êtes un amour d'homme, dit-elle. Ah ! voilà, monsieur, ce que c'est que d'avoir été bien élevé ! Ceci est du Beauséant tout pur, dit-elle en souriant.

« Elle est charmante », se dit Eugène qui s'éprenait de plus en plus.

Il regarda cette chambre où respirait la voluptueuse élégance d'une riche courtisane.

– Cela vous plaît-il ? dit-elle en sonnant sa femme de chambre. Thérèse, portez cela à monsieur de Marsay. Si vous ne le trouvez pas, vous me rapporterez la lettre.

Le dîner était servi. Rastignac retrouva le luxe de table qu'il avait admiré chez sa cousine.

– Les jours d'Italiens, dit-elle, vous viendrez dîner avec moi et vous m'accompagnerez.

– Je m'accoutumerais à cette douce vie si elle devait durer; mais je suis un pauvre étudiant qui a sa fortune à faire.

– Elle se fera, dit-elle en riant. Vous voyez, tout s'arrange : je ne m'attendais pas à être si heureuse.

Quand madame de Nucingen et Rastignac entrèrent dans leur loge aux Bouffons, elle eut un air de contentement qui la rendait belle. Eugène prit la main de la baronne, et tous deux se parlèrent par des pressions plus ou moins vives, en se communiquant les sensations que leur donnait la musique.

Pour eux, cette soirée fut enivrante. Ils sortirent ensemble, et madame de Nucingen voulut reconduire Eugène jusqu'au Pont-Neuf, en lui disputant, pendant toute la route, un des baisers qu'elle lui avait si chaleureusement prodigués au Palais-Royal.

– À lundi, au bal, dit-elle.

En s'en allant à pied, par un beau clair de lune, Eugène chiffonnait son billet de mille francs dans sa poche, en se faisant mille raisonnements pour se l'approprier. Enfin il arriva rue Neuve-Sainte-Geneviève, et quand il fut en haut de l'escalier, il y vit de la lumière. Le père Goriot avait laissé sa porte ouverte et sa chandelle allumée, afin que l'étudiant n'oubliât pas de *lui raconter sa fille*, suivant son expression. Eugène ne lui cacha rien.

– Mais, s'écria le père Goriot dans un violent désespoir de jalousie, elles me croient ruiné : j'ai encore treize cents livres de rente ! Mon Dieu ! la pauvre petite, que ne venait-elle ici ! J'aurais vendu mes rentes, nous aurions pris sur le capital, et avec le reste je me serais fait du viager. Elle doit, d'après son contrat, jouir de ses biens[1]. Ah ! je vais aller trouver Derville, un avoué, dès demain. Je vais faire exiger le placement de sa fortune. Je connais les lois, je suis un vieux loup, je vais retrouver mes dents.

– Tenez, père, voici mille francs qu'elle a voulu me donner sur notre gain. Gardez-les-lui.

Goriot regarda Eugène, lui tendit la main pour prendre la sienne, sur laquelle il laissa tomber une larme.

– Vous réussirez dans la vie, lui dit le vieillard. Dieu est juste, voyez-vous ?

« Par ma foi, se dit Eugène en se couchant, je crois que je serai honnête homme toute ma vie. Il y a du plaisir à suivre les inspirations de sa conscience. »

Le lendemain, à l'heure du bal, Rastignac alla chez madame de Beauséant, qui l'emmena pour le présenter à la duchesse de Carigliano. Il reçut le plus gracieux accueil de la maréchale, chez laquelle il retrouva madame de Nucingen. Delphine s'était parée avec l'intention de plaire à tous pour mieux plaire à Eugène, de qui elle attendait impatiemment un coup d'œil, en croyant cacher son impatience.

Pendant cette fête, l'étudiant mesura tout à coup la portée de sa position. La conquête de la baronne de Nucingen, qu'on lui donnait déjà, le mettait si bien en

1. Jouir de ses biens : disposer des biens qu'elle a apportés en dot.

relief que tous les jeunes gens lui jetaient des regards d'envie. En passant d'un salon dans un autre, en traversant les groupes, il entendit vanter son bonheur.

À ce bal, Rastignac fut présenté par sa cousine à quelques femmes qui toutes avaient des prétentions à l'élégance, et dont les maisons passaient pour être agréables ; il se vit lancé dans le plus grand et le plus beau monde de Paris. Cette soirée eut donc pour lui les charmes d'un brillant début, et il devait s'en souvenir jusque dans ses vieux jours.

Le lendemain, en déjeunant, il raconta ses succès au père Goriot devant les pensionnaires. Vautrin se prit à sourire d'une façon diabolique.

– Et vous croyez, s'écria ce féroce logicien, qu'un jeune homme à la mode peut demeurer rue Neuve-Sainte-Geneviève, dans la Maison Vauquer ? Mon jeune ami, si vous voulez faire figure à Paris, il vous faut trois chevaux et un tilbury pour le matin, un coupé pour le soir, en tout neuf mille francs pour le véhicule. Vous seriez indigne de votre destinée si vous ne dépensiez trois mille francs chez votre tailleur, cent francs chez le parfumeur, cent écus chez le bottier, cent écus chez le chapelier. Quant à votre blanchisseuse, elle vous coûtera mille francs. Je ne vous parle pas de ce que vous perdrez au jeu, en paris, en présents ; il est impossible de ne pas compter pour deux mille francs l'argent de poche. J'oublie le valet de chambre et le groom !

Et Vautrin cligna de l'œil.

Plusieurs jours se passèrent pendant lesquels Rastignac mena la vie la plus dissipée. Il dînait presque tous les jours avec madame de Nucingen, qu'il accompagnait dans le monde. Il rentrait à trois ou quatre heures du matin, se levait à midi pour faire sa toilette, allait se promener au Bois avec Delphine quand il faisait beau. Il jouait gros jeu, perdait ou gagnait beaucoup, et finit par s'habituer à la vie exorbitante des jeunes gens de Paris. Sur ses premiers gains, il avait renvoyé quinze cents francs à sa mère et à ses sœurs, en accompagnant sa restitution de jolis présents. Quoiqu'il eût annoncé vouloir quitter la Maison Vauquer, il y était encore dans les derniers jours du mois de janvier, et ne savait comment en sortir.

Vers cette époque, Rastignac avait perdu son argent et s'était endetté. L'étudiant commençait à comprendre qu'il lui serait impossible de continuer cette existence sans avoir des ressources fixes. Mais il se sentait incapable de renoncer aux jouissances excessives de cette vie, et voulait la continuer à tout prix.

– Nous avons donc tué le mandarin ? lui dit un jour Bianchon en sortant de table.

– Pas encore, répondit-il, mais il râle[1].

L'étudiant en médecine prit ce mot pour une plaisanterie, et ce n'en était pas une. Eugène qui, pour la première fois depuis longtemps, avait dîné à la pension, s'était montré pensif pendant le repas. Au lieu de sortir au dessert, il resta dans la salle à manger assis auprès de mademoiselle Taillefer, à laquelle il jeta de temps en temps des regards expressifs.

1. Râle : ici, émet le son rauque de celui qui agonise.

Comme presque tous les soirs, chacun s'en allait à sa fantaisie, suivant le degré d'intérêt qu'il prenait à la conversation. Frappé de la préoccupation à laquelle Eugène était en proie, Vautrin resta dans la salle à manger et se tint constamment de manière à n'être pas vu d'Eugène, qui put le croire parti.

Il avait lu dans l'âme de l'étudiant. Aimante ou coquette, madame de Nucingen avait fait passer Rastignac par toutes les angoisses d'une passion véritable, en déployant pour lui les ressources de la diplomatie féminine en usage à Paris. Après s'être compromise aux yeux du public pour fixer près d'elle le cousin de madame de Beauséant, elle hésitait à lui donner réellement les droits dont il paraissait jouir. Si, dans les premiers moments de sa liaison, l'étudiant s'était cru le maître, madame de Nucingen était devenue la plus forte.

Elle pouvait être défiante à bon droit. Peut-être avait-elle aperçu dans les manières d'Eugène, que son rapide succès avait rendu fat, une sorte de mésestime causée par les bizarreries de leur situation. Elle ne voulait pas qu'Eugène la crût une facile conquête, précisément parce qu'il savait qu'elle avait appartenu à de Marsay. Enfin, quelles que fussent ses raisons, Delphine se jouait de Rastignac.

Eugène ne voulait pas que son premier combat se terminât par une défaite. Ses anxiétés, son amour-propre offensé, ses désespoirs, faux ou véritables, l'attachaient de plus en plus à cette femme. Tout Paris lui donnait madame de Nucingen, auprès de laquelle il n'était pas plus avancé que le premier jour où il l'avait vue.

Parfois, en se voyant sans un sou, sans avenir, il pensait, malgré la voix de sa conscience, aux chances de fortune dont Vautrin lui avait démontré la possibilité dans un mariage avec mademoiselle Taillefer.

Rastignac, se croyant seul entre madame Vauquer et madame Couture, qui se tricotait des manches de laine en sommeillant auprès du poêle, regarda mademoiselle Taillefer d'une manière assez tendre pour lui faire baisser les yeux.

– Auriez-vous des chagrins, monsieur Eugène ? lui dit Victorine après un moment de silence.

– Quel homme n'a pas ses chagrins ! répondit Rastignac. Si nous étions sûrs, nous autres jeunes gens, d'être bien aimés, nous n'aurions peut-être jamais de chagrins.

Mademoiselle Taillefer lui jeta, pour toute réponse, un regard qui n'était pas équivoque.

– Vous, mademoiselle, vous vous croyez sûre de votre cœur aujourd'hui ; mais répondriez[1]-vous de ne jamais changer ?

Un sourire vint errer sur les lèvres de la pauvre fille comme un rayon jailli de son âme.

– Quoi ! si demain vous étiez riche et heureuse, si une immense fortune vous tombait des nues, vous aimeriez encore le jeune homme pauvre qui vous aurait plu durant vos jours de détresse ?

Elle fit un joli signe de tête.

– Quelles bêtises dites-vous donc là ? s'écria madame Vauquer.

1. Répondriez : garantiriez.

– Il y aurait donc alors promesse de mariage entre monsieur le chevalier Eugène de Rastignac et mademoiselle Victorine Taillefer ? dit Vautrin de sa grosse voix en se montrant tout à coup à la porte de la salle à manger.

– Ah ! vous m'avez fait peur, dirent à la fois madame Couture et madame Vauquer.

– Je pourrais plus mal choisir, répondit en riant Eugène à qui la voix de Vautrin causa la plus cruelle émotion qu'il eût jamais ressentie.

– Pas de mauvaises plaisanteries, messieurs, dit madame Couture. Ma fille, remontons chez nous.

Madame Vauquer suivit ses deux pensionnaires, afin d'économiser sa chandelle et son feu en passant la soirée chez elles. Eugène se trouva seul et face à face avec Vautrin.

– Je savais bien que vous y arriveriez, lui dit cet homme en gardant un imperturbable sang-froid. Mais, écoutez ! Ne vous décidez pas dans ce moment, vous n'êtes pas dans votre assiette ordinaire. Vous avez des dettes. Je ne veux pas que ce soit la passion, le désespoir, mais la raison qui vous détermine à venir à moi. Peut-être vous faut-il quelque millier d'écus. Tenez, le voulez-vous ?

Ce démon prit dans sa poche un portefeuille, et en tira trois billets de banque qu'il fit papilloter aux yeux de l'étudiant. Eugène était dans la plus cruelle des situations. Il devait au marquis d'Ajuda et au comte de Trailles cent louis perdus sur parole. Il ne les avait pas et n'osait aller passer la soirée chez madame de Restaud, où il était attendu. C'était une de ces soirées sans cérémonie où l'on mange des petits gâteaux, où l'on boit du thé, mais où l'on peut perdre six mille francs au whist.

– Monsieur, lui dit Eugène en cachant avec peine un tremblement convulsif, après ce que vous m'avez confié, vous devez comprendre qu'il m'est impossible de vous avoir des obligations.

– Eh bien ! vous m'auriez fait de la peine de parler autrement, reprit le tentateur. Vous êtes un beau jeune homme, délicat, fier comme un lion et doux comme une jeune fille. J'aime cette qualité des jeunes gens. Ah ! si vous vouliez devenir mon élève, je vous ferais arriver à tout. Vous ne voulez pas être mon obligé, hein ? Qu'à cela ne tienne, reprit Vautrin en laissant échapper un sourire. Prenez ces chiffons et mettez-moi là-dessus : *Accepté pour la somme de trois mille cinq cents francs payable en un an*. Et datez ! L'intérêt est assez fort pour vous ôter tout scrupule[1].

– Quel homme êtes-vous donc ? s'écria Eugène. Vous avez été créé pour me tourmenter.

– Mais non, je suis un bon homme qui veut se crotter pour que vous soyez à l'abri de la boue pour le reste de vos jours.

Eugène signa la traite et l'échangea contre les billets de banque.

– Eh bien ! parlons raison, reprit Vautrin. Je veux partir d'ici à quelques mois pour l'Amérique, aller planter mon tabac. Si je deviens riche, je vous aiderai. Si je

1. Vautrin prête en effet trois mille francs à Rastignac, mais lui fait signer une traite (reconnaissance de dette) de trois mille cinq cents francs.

n'ai pas d'enfants, je vous léguerai ma fortune. Est-ce être l'ami d'un homme ? Mais je vous aime, moi. J'ai la passion de me dévouer pour un autre. Je l'ai déjà fait. Voyez le père Goriot : ses deux filles sont pour lui tout l'univers. Eh bien ! pour moi qui ai bien creusé la vie, il n'existe qu'un seul sentiment réel, une amitié d'homme à homme. Je ne parlerais pas ainsi à tout le monde. Mais vous, vous êtes un homme supérieur. Vous ne patouillerez pas longtemps dans les marécages où vivent les crapoussins qui nous entourent ici.

Vautrin sortit sans vouloir entendre la réponse de l'étudiant.

« Qu'il fasse comme il voudra, je n'épouserai certes pas mademoiselle Taillefer ! » se dit Eugène.

Après avoir subi le malaise que lui causa l'idée d'un pacte fait avec cet homme dont il avait horreur, Rastignac s'habilla, demanda une voiture et vint chez madame de Restaud. Depuis quelques jours, cette femme avait redoublé de soins pour un jeune homme dont chaque pas était un progrès au cœur du grand monde, et dont l'influence paraissait devoir être un jour redoutable. Il paya messieurs de Trailles et d'Ajuda, joua au whist une partie de la nuit, et regagna ce qu'il avait perdu. Superstitieux, il voulut voir dans son bonheur une récompense du ciel pour sa persévérance à rester dans le bon chemin.

Le lendemain matin, il s'empressa de demander à Vautrin s'il avait encore sa lettre de change. Sur une réponse affirmative, il lui rendit les trois mille francs en manifestant un plaisir assez naturel.

– Tout va bien, lui dit Vautrin.

– Mais je ne suis pas votre complice, dit Eugène.

– Je sais, je sais, répondit Vautrin en l'interrompant. Vous faites encore des enfantillages.

III
Trompe-la-Mort

Deux jours après, Poiret et mademoiselle Michonneau se trouvaient assis sur un banc, au soleil, dans une allée solitaire du Jardin des Plantes, et causaient avec le monsieur qui paraissait suspect à l'étudiant en médecine.

– Mademoiselle, disait monsieur Gondureau, je ne vois pas d'où naissent vos scrupules. Son Excellence monseigneur le ministre de la Police générale du royaume s'occupe de cette affaire. Il a maintenant la certitude la plus complète que le prétendu Vautrin, logé dans la Maison Vauquer, est un forçat évadé du bagne de Toulon, où il est connu sous le nom de *Trompe-la-Mort*.

– Ah ! Trompe-la-Mort, dit Poiret, il est bien heureux, s'il a mérité ce nom-là.

– Mais oui, reprit l'agent. Ce sobriquet est dû au bonheur qu'il a eu de ne jamais perdre la vie dans les entreprises extrêmement audacieuses qu'il a exécutées. Cet homme est dangereux, voyez-vous ! Il a des qualités qui le rendent extraordinaire. Sa condamnation est même une chose qui lui a fait dans sa partie un honneur infini…

– C'est donc un homme d'honneur, demanda Poiret.

– À sa manière. Il a consenti à prendre sur son compte le crime d'un autre, un faux[1], commis par un très beau jeune homme qu'il aimait beaucoup, un jeune Italien assez joueur, entré depuis au service militaire où il s'est d'ailleurs parfaitement comporté.

– Mais si Son Excellence le ministre de la Police est sûr que monsieur Vautrin soit Trompe-la-Mort, pourquoi donc aurait-il besoin de moi ? dit mademoiselle Michonneau.

– Vous allez comprendre. Jacques Collin, surnommé Trompe-la-Mort, a toute la confiance des trois bagnes, qui l'ont choisi pour être leur agent et leur banquier. Il reçoit les capitaux de messieurs les forçats, les place, les leur conserve et les tient à la disposition de ceux qui s'évadent, ou de leurs familles, quand ils en disposent par testament, ou de leurs maîtresses.

– De leurs maîtresses ! Vous voulez dire de leurs femmes, fit observer Poiret.

– Non, monsieur. Le forçat n'a généralement que des épouses illégitimes, que nous nommons des concubines.

– Eh bien ! dit Poiret, voilà des horreurs que monseigneur ne devrait pas tolérer.

– Mais, laissez donc dire monsieur, mon cher mignon, dit mademoiselle Michonneau.

– Vous comprenez, mademoiselle, reprit Gondureau,

1. Faux : contrefaçon.

le gouvernement peut avoir un grand intérêt à mettre la main sur une caisse illicite, que l'on dit monter à un total assez majeur. Trompe-la-Mort encaisse des valeurs considérables en recelant non seulement les sommes possédées par quelques-uns de ses camarades, mais encore celles qui proviennent de la Société des Dix Mille…

– Dix mille voleurs ! s'écria Poiret effrayé.

– Non. La Société des Dix Mille est une association de hauts voleurs, de gens qui travaillent en grand, et ne se mêlent pas d'une affaire où il n'y a pas dix mille francs à gagner. Collin est leur homme de confiance, leur conseil. À l'aide de ses immenses ressources, cet homme a su se créer une police à lui, des relations fort étendues qu'il enveloppe d'un mystère impénétrable. Quoique depuis un an nous l'ayons entouré d'espions, nous n'avons pas encore pu voir dans son jeu. Sa caisse et ses talents servent à entretenir sur pied une armée de mauvais sujets qui sont dans un perpétuel état de guerre avec la société. Saisir Trompe-la-Mort et s'emparer de sa banque, ce sera couper le mal dans sa racine. Aussi cette expédition est-elle devenue une affaire d'État et de haute politique.

– Mais pourquoi, dit mademoiselle Michonneau, Trompe-la-Mort ne s'en va-t-il pas avec la caisse ?

– Oh ! fit l'agent, partout où il irait, il serait suivi d'un homme chargé de le tuer, s'il volait le bagne. D'ailleurs, Collin est un gaillard incapable de faire un trait semblable, il se croirait déshonoré.

– Tout cela ne nous dit pas pourquoi vous ne venez

pas tout bonnement vous emparer de lui, dit mademoiselle Michonneau.

– Trompe-la-Mort, en venant ici, a chaussé la peau d'un honnête homme, il s'est fait bon bourgeois de Paris. Monsieur Vautrin est un homme considéré, qui fait des affaires considérables. Le ministre, si l'on se trompait en arrêtant un vrai Vautrin, ne veut pas se mettre à dos le commerce de Paris ni l'opinion publique. Aussi faut-il vérifier.

– Oui, mais vous avez besoin d'une jolie femme, dit vivement mademoiselle Michonneau.

– Trompe-la-Mort ne se laisserait pas aborder par une femme, dit l'agent. Apprenez un secret : il n'aime pas les femmes.

– Mais je ne vois pas alors à quoi je suis bonne pour une semblable vérification.

– Rien de plus facile, dit l'inconnu. Je vous remettrai un flacon contenant une dose de liqueur préparée pour donner un coup de sang qui n'a pas le moindre danger et simule une apoplexie[1]. Cette drogue peut se mêler au vin ou au café. Sur-le-champ vous transportez votre homme sur un lit et vous le déshabillez afin de savoir s'il ne meurt pas. Au moment où vous serez seule, vous lui donnerez une claque sur l'épaule, paf ! et vous verrez reparaître les lettres[2].

– Mais, mon cher monsieur, dit mademoiselle Michonneau, au cas où il n'y aurait point de lettres, aurais-je les deux mille francs ?

1. Apoplexie : arrêt subit des fonctions du cerveau.
2. Lettres : il s'agit des lettres T. F. (voir note p. 76).

– Non.

– Quelle sera donc l'indemnité ?

– Cinq cents francs.

– J'ai ma conscience à calmer, monsieur. Donnez-moi trois mille francs si c'est Trompe-la-Mort, et rien si c'est un bourgeois.

– Ça va, dit Gondureau, mais à condition que l'affaire sera faite demain.

– Pas encore, mon cher monsieur, j'ai besoin de consulter mon confesseur.

– Finaude ! dit l'agent en se levant. À demain alors.

Bianchon, qui revenait du cours de Cuvier, eut l'oreille frappée du mot assez original de Trompe-la-Mort.

– Pourquoi n'en finissez-vous pas ? dit Poiret à mademoiselle Michonneau.

– Pourquoi ? dit-elle. Mais il faut y réfléchir. Si monsieur Vautrin était ce Trompe-la-Mort, peut-être y aurait-il plus d'avantage à s'arranger avec lui. Cependant, lui demander de l'argent, ce serait le prévenir, et il serait homme à décamper *gratis*. D'ailleurs, je ne l'aime point, cet homme ! Il ne sait me dire que des choses désagréables.

– Mais, reprit Poiret, c'est un acte d'obéissance aux lois que de débarrasser la société d'un criminel, quelque vertueux qu'il puisse être. Qui a bu boira. S'il lui prenait fantaisie de nous assassiner tous ?

En arrivant à la Maison Vauquer, mademoiselle Michonneau ne manqua pas d'apercevoir Eugène de Rastignac engagé avec mademoiselle Taillefer dans une intime causerie dont l'intérêt était si palpitant que le couple ne fit aucune attention au passage des deux vieux pensionnaires.

– Ça devait finir par là, dit mademoiselle Michonneau à Poiret. Ils se faisaient des yeux à s'arracher l'âme depuis huit jours.

Eugène avait été, pendant la matinée, réduit au désespoir par madame de Nucingen. Dans son for intérieur, il s'était abandonné complètement à Vautrin, sans vouloir sonder ni les motifs de l'amitié que lui portait cet homme extraordinaire, ni l'avenir d'une semblable union. Il fallait un miracle pour le tirer de l'abîme où il avait déjà mis le pied depuis une heure, en échangeant avec mademoiselle Taillefer les plus douces promesses.

Victorine croyait entendre la voix d'un ange. En se débattant contre sa conscience, en sachant qu'il faisait mal et voulant faire mal, en se disant qu'il rachèterait ce péché véniel par le bonheur d'une femme, Eugène s'était embelli de son désespoir, et resplendissait de tous les feux de l'enfer qu'il avait au cœur. Heureusement pour lui, le miracle eut lieu : Vautrin entra joyeusement, et Victorine se sauva en emportant autant de bonheur qu'elle avait eu jusqu'alors de malheur dans sa vie.

– L'affaire est faite, dit Vautrin à Eugène. Tout s'est passé convenablement. Notre pigeon a insulté mon faucon. À demain, dans la redoute de Clignancourt. À huit heures et demie, mademoiselle Taillefer héritera de l'amour et de la fortune de son père, pendant qu'elle sera là tranquillement à tremper ses mouillettes de pain beurré dans son café.

Rastignac écoutait d'un air stupide, et ne pouvait rien répondre. En ce moment, le père Goriot, Bianchon et quelques autres pensionnaires arrivèrent.

– Voilà comme je vous voulais, lui dit Vautrin. Vous savez ce que vous faites. Bien, mon petit aiglon ! vous gouvernerez les hommes ; vous avez mon estime.

Il voulut lui prendre la main. Rastignac retira vivement la sienne et tomba sur une chaise en pâlissant ; il croyait voir une mare de sang devant lui. Il résolut d'aller prévenir pendant la soirée messieurs Taillefer père et fils. En ce moment, Vautrin l'ayant quitté, le père Goriot lui dit à l'oreille :

– Vous êtes triste, mon enfant ! je vais vous égayer, moi. Venez !

Eugène le suivit tout ému de curiosité.

– Entrons chez vous, dit le bonhomme, qui avait demandé la clef de l'étudiant à Sylvie. Vous avez cru ce matin qu'elle ne vous aimait pas, hein ! reprit-il. Elle vous a renvoyé de force, et vous vous en êtes allé fâché, désespéré. Elle m'attendait. Comprenez-vous ? Nous devions aller achever d'arranger un bijou d'appartement dans lequel vous irez demeurer d'ici à trois jours. Ne me vendez pas. Elle veut vous faire une surprise ; mais je ne tiens pas à vous cacher plus longtemps le secret. Vous serez rue d'Artois, à deux pas de la rue Saint-Lazare. Vous y serez comme un prince. Nous avons fait bien des choses depuis un mois, en ne vous en disant rien. Mon avoué s'est mis en campagne, ma fille aura ses trente-six mille francs par an, l'intérêt de sa dot, et je vais faire exiger le placement de ses huit cent mille francs en bons biens au soleil.

Eugène était muet et se promenait, les bras croisés, dans sa pauvre chambre en désordre. Le père Goriot saisit un moment où l'étudiant lui tournait le dos et mit sur la cheminée une boîte en maroquin rouge, sur laquelle étaient imprimées en or les armes de Rastignac.

– Mon cher enfant, disait le pauvre bonhomme, je me suis mis dans tout cela jusqu'au cou. Mais, voyez-vous, il y avait à moi bien de l'égoïsme, je suis intéressé dans votre changement de quartier. Vous ne me refuserez pas, hein ! si je vous demande quelque chose ?

– Que voulez-vous ?

– Au-dessus de votre appartement, au cinquième, il y a une chambre qui en dépend. J'y demeurerai, pas vrai ? Je me fais vieux, je suis trop loin de mes filles. Je ne vous gênerai pas. Vous me parlerez d'elle tous les soirs. Quand vous rentrerez, que je serai dans mon lit, je vous entendrai, je me dirai : Il vient de voir ma petite Delphine. Je n'aurai qu'un pas à faire pour être aux Champs-Élysées, où elles passent tous les jours, je les verrai toujours, tandis que quelquefois j'arrive trop tard. Et puis elle viendra chez vous peut-être ! Je la verrai. Elle est redevenue, depuis un mois, ce qu'elle était jeune fille, gaie, pimpante. Elle vous doit le bonheur. Oh ! je ferais pour vous l'impossible.

Le bonhomme s'essuya les yeux, il pleurait.

– Il y a longtemps qu'elle ne m'avait donné le bras. Oh ! oui, voilà bien dix ans que je n'ai marché côte à côte avec une de mes filles. Gardez-moi près de vous. Quelquefois vous aurez besoin de quelqu'un pour vous rendre service, je serai là. Oh ! si cette grosse souche d'Alsacien mourait, si sa goutte[1] avait l'esprit de remonter dans l'estomac, ma pauvre fille serait-elle heureuse ! Vous seriez mon gendre, vous seriez son mari. Je lui ai dit que vous m'aviez remis le billet de mille francs. Oh ! la chérie, elle en a été émue aux larmes. Qu'avez-vous donc là sur votre cheminée ? dit enfin le père Goriot qui se mourait d'impatience en voyant Rastignac immobile.

Eugène, tout abasourdi, regardait son voisin d'un air hébété. Ce duel, annoncé par Vautrin pour le lendemain, contrastait si violemment avec la réalisation de ses plus chères espérances qu'il éprouvait toutes les sensations du cauchemar. Il se tourna vers la cheminée, y aperçut la petite boîte carrée, l'ouvrit, et trouva dedans un papier qui couvrait une montre de Breguet. Sur ce papier étaient écrits ces mots :

Je veux que vous pensiez à moi à toute heure,
parce que…

DELPHINE.

Eugène en fut attendri. Ses armes étaient émaillées dans l'or de la boîte. Le père Goriot était radieux.

– Vous irez la voir ce soir, elle vous attend. La grosse souche d'Alsacien soupe chez sa danseuse. Ah ! il a été bien sot quand mon avoué lui a dit son fait. Ne prétend-il pas aimer ma fille à l'adoration ? Qu'il y touche et je le tue. Vous me prendrez avec vous, n'est-ce pas ?

1. Goutte : maladie touchant les articulations.

– Oui, mon bon père Goriot, vous savez bien que je vous aime…

– Je le vois, vous n'avez pas honte de moi, vous ! Laissez-moi vous embrasser.

Et il serra l'étudiant dans ses bras.

– Vous la rendrez bien heureuse, promettez-le-moi ! Vous irez ce soir, n'est-ce pas ? Puis-je vous être bon à quelque chose ?

– Ma foi, oui ! Pendant que j'irai chez madame de Nucingen, allez chez monsieur Taillefer le père, lui dire de me donner une heure dans la soirée pour lui parler d'une affaire de la dernière importance.

– Serait-ce donc vrai, jeune homme ? dit le père Goriot en changeant de visage. Feriez-vous la cour à sa fille, comme le disent ces imbéciles d'en bas ? Oh ! ce n'est pas possible.

– Je vous jure que je n'aime qu'une femme au monde, dit l'étudiant. Mais le fils de Taillefer se bat demain, et j'ai entendu dire qu'il serait tué.

– Qu'est-ce que cela vous fait ? dit Goriot.

– Mais il faut lui dire d'empêcher son fils de se rendre…, s'écria Eugène.

En ce moment, il fut interrompu par la voix de Vautrin, qui se fit entendre sur le pas de sa porte, où il chantait :

J'ai longtemps parcouru le monde,
Et l'on m'a vu…
Tra la, la, la, la…

– Messieurs, cria Christophe, la soupe vous attend, et tout le monde est à table.

– Tiens, lui dit Vautrin, viens prendre une bouteille de mon vin de Bordeaux.

– La trouvez-vous jolie, la montre ? dit le père Goriot. Elle a bon goût, hein !

Vautrin, le père Goriot et Rastignac descendirent ensemble et se trouvèrent, par suite de leur retard, placés à côté les uns des autres à table. Eugène marqua la plus grande froideur à Vautrin pendant le dîner, quoique jamais cet homme, si aimable aux yeux de madame Vauquer, n'eût déployé autant d'esprit.

– Sur quelle herbe avez-vous donc marché aujourd'hui ? lui dit madame Vauquer. Vous êtes gai comme un pinson.

– Je suis toujours gai quand j'ai fait de bonnes affaires.

– Sac à papier ! vous devriez poser pour un Hercule-Farceur, dit le jeune peintre à Vautrin.

– Ma foi, ça va ! si mademoiselle Michonneau veut poser en Vénus du Père-Lachaise, répondit Vautrin.

– Et Poiret ? dit Bianchon.

– Oh ! Poiret posera en Poiret. Ce sera le dieu des jardins ! s'écria Vautrin.

– Tout ça, c'est des bêtises, dit madame Vauquer. Vous feriez mieux de nous donner de votre vin de Bordeaux.

– Voilà, monsieur, dit Christophe en lui présentant la bouteille.

Après avoir rempli le verre d'Eugène et celui du père Goriot, Vautrin s'en versa lentement quelques gouttes qu'il dégusta, pendant que ses deux voisins buvaient, et tout à coup il fit une grimace.

– Diable ! diable ! il sent le bouchon. Prends cela pour toi, Christophe, et va nous en chercher ; à droite, tu sais ? Nous sommes seize, descends huit bouteilles.

Le vin de Bordeaux circula, les convives s'animèrent, la gaieté redoubla. En quelques instants ce fut un tapage à casser la tête, une conversation que Vautrin conduisait comme un chef d'orchestre, en surveillant Eugène et le père Goriot, qui semblaient ivres déjà. Le dos appuyé sur leur chaise, tous deux contemplaient ce désordre inaccoutumé d'un air grave, en buvant peu ; tous deux étaient préoccupés de ce qu'ils avaient à faire pendant la soirée, et néanmoins ils se sentaient incapables de se lever. Vautrin, qui suivait les changements de leur physionomie, saisit le moment où leurs yeux vacillèrent et parurent vouloir se fermer pour se pencher à l'oreille de Rastignac et lui dire :

– Mon petit gars, nous ne sommes pas assez rusé pour lutter avec notre papa Vautrin, et il vous aime trop pour vous laisser faire des sottises. Quand j'ai résolu quelque chose, le bon Dieu seul est assez fort pour me barrer le passage. Ah ! nous voulions aller prévenir le père Taillefer, commettre des fautes d'écolier ! Pendant que nous dormirons notre petit somme, le colonel comte Franchessini vous ouvrira la succession de Michel Taillefer avec la pointe de son épée. En héritant de son frère, Victorine aura quinze petits mille francs de rente.

Eugène entendit ces paroles sans pouvoir y répondre :

il sentait sa langue collée à son palais et se trouvait en proie à une somnolence invincible ; il ne voyait déjà plus la table et les figures des convives qu'à travers un brouillard lumineux.

Bientôt le bruit s'apaisa, les pensionnaires s'en allèrent un à un. Puis, quand il ne resta plus que madame Vauquer, madame Couture, mademoiselle Victorine, Vautrin et le père Goriot :

– Adieu, maman. Je vais au boulevard admirer monsieur Marty dans *Le Mont Sauvage*[1]. Si vous voulez, je vous y mène. Allons, les voilà partis, ceux-là, dit Vautrin en remuant d'une manière comique la tête du père Goriot et celle d'Eugène.

– J'ai peur qu'il ne soit malade, dit Victorine.

– Restez à le soigner alors, reprit Vautrin. C'est, lui souffla-t-il à l'oreille, votre devoir de femme soumise. Il vous adore, ce jeune homme, et vous serez sa petite femme, je vous le prédis. Enfin, dit-il à haute voix, *ils furent considérés dans tout le pays, vécurent heureux, et eurent beaucoup d'enfants*. Voilà comment finissent tous les romans d'amour. Allons, maman, mettez le chapeau, la belle robe à fleurs, l'écharpe de la comtesse. Je vais vous aller chercher un fiacre.

– Dites donc, madame Couture, dit madame Vauquer, le père Goriot va tomber par terre, mon Dieu ! C'est-y indécent à un homme d'âge de perdre la raison ! Sylvie, montez-le donc chez lui.

Sylvie prit le bonhomme par-dessous le bras, le fit

1. Mélodrame de Pixerécourt (1773-1844), auteur dramatique alors très populaire.

marcher et le jeta tout habillé comme un paquet au travers de son lit.

– Pauvre jeune homme, disait madame Couture en écartant les cheveux d'Eugène qui lui tombaient dans les yeux, il est comme une jeune fille, il ne sait pas ce que c'est qu'un excès.

– Ah ! je peux bien dire que depuis trente et un ans que je tiens ma pension, dit madame Vauquer, il m'est passé bien des jeunes gens par les mains, comme on dit, mais je n'en ai jamais vu d'aussi gentil, d'aussi distingué que monsieur Eugène. Est-il beau quand il dort ! Prenez-lui donc la tête sur votre épaule, madame Couture. Il tombe sur celle de mademoiselle Victorine : à eux deux, ils feraient un bien joli couple.

– Ma voisine, taisez-vous donc, s'écria madame Couture, vous dites des choses…

– Bah ! fit madame Vauquer, il n'entend pas. Allons Sylvie, viens m'habiller. Je vais mettre mon grand corset.

Madame Couture et sa pupille, sur l'épaule de laquelle dormait Eugène, restèrent seules dans la salle à manger. Victorine avait dans la physionomie quelque chose de maternellement protecteur qui la rendait fière.

– Pauvre chère fille ! dit madame Couture en lui pressant la main.

– Il n'a pourtant pas bu plus de deux verres, dit Victorine en passant ses doigts dans la chevelure d'Eugène.

– Mais si c'était un débauché, ma fille, il aurait porté le vin comme tous ces autres. Son ivresse fait son éloge.

En ce moment, Vautrin entra tout doucement et regarda le tableau formé par ces deux enfants que la lueur de la lampe semblait caresser.

– Eh bien ! dit-il en se croisant les bras, voilà de ces scènes qui auraient inspiré de belles pages à ce bon Bernardin de Saint-Pierre, l'auteur de *Paul et Virginie*[1]. Pauvre enfant, dors. Le bien vient quelquefois en dormant.

En ce moment, les pas lourds de la coquette veuve qui descendait interrompirent les prophéties de Vautrin.

– Adieu, enfants. Je vous bénis, leur dit-il en leur imposant ses mains au-dessus de leurs têtes.

– Ah ! ma chère mère, dit Victorine en soupirant, quand les deux femmes furent seules, si ce bon monsieur Vautrin disait vrai !

– Mais il ne faut qu'une chose pour cela, répondit la vieille dame, seulement que ton monstre de frère tombe de cheval.

– Ah ! maman.

– Mon Dieu, peut-être est-ce un péché que de souhaiter du mal à son ennemi, reprit la veuve. Eh bien ! j'en ferai pénitence. En vérité, je porterai de bon cœur des fleurs sur sa tombe. Il n'a pas le courage de parler pour sa mère, dont il garde à ton détriment l'héritage par les micmacs. Ma cousine avait une belle fortune. Pour ton malheur, il n'a jamais été question de son apport dans le contrat.

1. *Paul et Virginie* : ce célèbre roman sentimental et exotique, paru en 1788, émut fortement les lecteurs à l'époque.

– Mon bonheur me serait souvent pénible à porter s'il coûtait la vie à quelqu'un, dit Victorine. Et s'il fallait, pour être heureuse, que mon frère disparût, j'aimerais mieux toujours être ici.

– Eh bien ! qui peut savoir par quelles voies il plaît à la Providence de nous conduire ?

Aidées par Sylvie, les deux femmes finirent par transporter Eugène dans sa chambre, le couchèrent sur son lit. Avant de partir, quand sa protectrice eut le dos tourné, Victorine mit un baiser sur le front d'Eugène. Elle s'endormit la plus heureuse créature de Paris.

Le festoiement à la faveur duquel Vautrin avait fait boire à Eugène et au père Goriot du vin narcotisé[1] décida la perte de cet homme.

Bianchon, à moitié gris, oublia de questionner mademoiselle Michonneau sur Trompe-la-Mort. S'il avait prononcé ce nom, il aurait certes éveillé la prudence de Vautrin ou, pour lui rendre son vrai nom, de Jacques Collin, l'une des célébrités du bagne. Puis le sobriquet de Vénus du Père-Lachaise décida mademoiselle Michonneau à livrer le forçat au moment où, confiante en la générosité de Collin, elle calculait s'il ne valait pas mieux le prévenir et le faire évader pendant la nuit.

Le directeur de la police judiciaire la reçut avec grâce. Puis, après une conversation où tout fut précisé, mademoiselle Michonneau demanda la potion à l'aide de laquelle elle devait opérer la vérification de la marque.

1. Narcotisé : mêlé à une substance soporifique.

Le lendemain devait prendre place parmi les jours les plus extraordinaires de l'histoire de la Maison Vauquer.

D'abord Goriot et Eugène de Rastignac dormirent jusqu'à onze heures. Madame Vauquer, rentrée à minuit de la Gaîté[1], resta jusqu'à dix heures et demie au lit. Le long sommeil de Christophe, qui avait achevé le vin offert par Vautrin, causa des retards dans le service de la maison. Poiret et mademoiselle Michonneau ne se plaignirent pas de ce que le déjeuner se reculait. Quant à Victorine et à madame Couture, elles dormirent la grasse matinée. Vautrin sortit avant huit heures, et revint au moment même où le déjeuner fut servi.

Mademoiselle Michonneau, descendant la première, versa la liqueur dans le gobelet d'argent appartenant à Vautrin, et dans lequel la crème pour son café chauffait au bain-marie.

Au moment où Eugène descendait le dernier de tous, un commissionnaire lui remit une lettre de madame de Nucingen. Cette lettre était ainsi conçue :

Je n'ai ni fausse vanité ni colère avec vous, mon ami. Je vous ai attendu jusqu'à deux heures après minuit. Attendre un être que l'on aime ! Qu'est-il donc arrivé ? Rassurez-moi, expliquez-moi pourquoi vous n'êtes pas venu, après ce que vous a dit mon père. Je me fâcherai, mais je vous pardonnerai. Qu'est-il donc arrivé ?...

1. Gaîté : théâtre de la Gaîté, situé à Paris sur la rive gauche de la Seine.

– Oui, qu'est-il arrivé ? s'écria Eugène qui se précipita dans la salle à manger, en froissant la lettre sans l'achever. Quelle heure est-il ?

– Onze heures et demie, dit Vautrin en sucrant son café.

Le bruit d'un fiacre se fit entendre dans la rue, et un domestique à la livrée de monsieur Taillefer entra précipitamment d'un air effaré.

– Mademoiselle, s'écria-t-il, monsieur votre père vous demande. Un grand malheur est arrivé. Monsieur Frédéric s'est battu en duel, il a reçu un coup d'épée dans le front, les médecins désespèrent de le sauver ; vous aurez à peine le temps de lui dire adieu, il n'a plus sa connaissance.

– Pauvre jeune homme ! s'écria Vautrin. Comment se querelle-t-on quand on a trente bonnes mille livres de rente ? Décidément la jeunesse ne sait pas se conduire.

– Monsieur ! lui cria Eugène.

– Eh bien ! quoi, grand enfant ? dit Vautrin en achevant de boire son café tranquillement, opération que mademoiselle Michonneau suivait de l'œil avec trop d'attention pour s'émouvoir de l'événement extraordinaire qui stupéfiait tout le monde. N'y a-t-il pas des duels tous les matins à Paris ?

– Je vais avec vous, Victorine, disait madame Couture.

Et ces deux femmes s'envolèrent sans châle ni chapeau.

– C'est-y singulier ! dit madame Vauquer. La mort nous prend sans nous consulter. Les jeunes gens s'en vont souvent avant les vieux. Son père est forcé d'adopter Victorine !

– Voilà ! dit Vautrin en regardant Eugène, hier elle était sans un sou, ce matin elle est riche de plusieurs millions.

– Dites donc, monsieur Eugène, s'écria madame Vauquer, vous avez mis la main au bon endroit.

À cette interpellation, le père Goriot regarda l'étudiant et lui vit à la main la lettre chiffonnée.

– Vous ne l'avez pas achevée ! Qu'est-ce que cela veut dire ? Seriez-vous comme les autres ? lui demanda-t-il.

– Madame, je n'épouserai jamais mademoiselle Victorine, dit Eugène en s'adressant à madame Vauquer avec un sentiment d'horreur et de dégoût qui surprit les assistants.

Le père Goriot saisit la main de l'étudiant et la lui serra. Eugène était dans un violent état d'irritation qui ne lui permettait pas d'être prudent.

– Que faire ! disait-il à haute voix, en se parlant à lui-même. Point de preuves !

Vautrin se mit à sourire. En ce moment, la potion absorbée par l'estomac commençait à opérer. Néanmoins, le forçat était si robuste qu'il se leva, regarda Rastignac et lui dit d'une voix creuse :

– Jeune homme, le bien nous vient en dormant.

Et il tomba roide mort.

– Il y a donc une justice divine, dit Eugène.

– Eh bien ! qu'est-ce qui lui prend donc, à ce pauvre cher monsieur Vautrin ?

– Une apoplexie, cria mademoiselle Michonneau.

– Sylvie, va chercher le médecin, dit la veuve. Ah ! monsieur Rastignac, courez donc vite chez monsieur Bianchon.

Rastignac, heureux d'avoir un prétexte de quitter cette épouvantable caverne, s'enfuit en courant.

– Christophe, allons, trotte chez l'apothicaire[1] demander quelque chose contre l'apoplexie.

Christophe sortit.

– Père Goriot, aidez-nous donc à le transporter là-haut, chez lui.

Vautrin fut saisi, manœuvré à travers l'escalier et mis sur son lit.

– Allez donc voir si vous avez de l'éther, dit à madame Vauquer mademoiselle Michonneau qui, aidée par Poiret, avait défait les habits de Vautrin.

Madame Vauquer descendit chez elle et laissa mademoiselle Michonneau maîtresse du champ de bataille.

– Ôtez-lui donc sa chemise et retournez-le vite ! Soyez donc bon à quelque chose, dit-elle à Poiret.

Vautrin retourné, mademoiselle Michonneau appliqua sur l'épaule du malade une forte claque et les deux fatales lettres reparurent en blanc au milieu de la place rouge.

– Tiens, vous avez bien lestement gagné votre gratification de trois mille francs, s'écria Poiret en tenant Vautrin debout, pendant que mademoiselle Michonneau lui remettait sa chemise. Ouf ! il est lourd, reprit-il en le couchant.

– Voilà de l'éther. Dieu ! cet homme-là ne peut pas être malade, son cœur bat régulièrement, dit madame Vauquer en lui posant la main sur le cœur.

1. Apothicaire : pharmacien.

– Vous trouvez ? demanda Poiret.

– Dame ! il a l'air de dormir. Sa perruque tient bien tout de même. Tiens, elle est collée, il a de faux cheveux, rapport à ce qu'il est rouge.

– Allez-vous-en donc, monsieur Poiret, s'écria vivement mademoiselle Michonneau. Madame Vauquer et moi, nous garderons bien ce cher monsieur Vautrin.

Poiret s'en alla doucement et sans murmurer, comme un chien à qui son maître donne un coup de pied.

Rastignac était sorti pour prendre l'air, il étouffait. Ce crime commis à heure fixe, il avait voulu l'empêcher la veille. Qu'était-il arrivé ? Que devait-il faire ? Il tremblait d'en être le complice. Le sang-froid de Vautrin l'épouvantait encore.

« Si cependant Vautrin mourait sans parler », se disait Rastignac.

Il allait à travers les allées du Luxembourg comme s'il eût été traqué par une meute de chiens, et il lui semblait en entendre les aboiements.

– Eh bien ! lui cria Bianchon, as-tu lu *Le Pilote* ? Il s'y trouve une fameuse histoire. Le fils Taillefer s'est battu en duel avec le comte Franchessini, qui lui a mis deux pouces de fer dans le front. Voilà la petite Victorine un des plus riches partis de Paris. Est-il vrai que Victorine te regardait d'un bon œil, toi ?

– Tais-toi, Bianchon, je ne l'épouserai jamais. J'aime une délicieuse femme, je suis aimé, je…

– Tu dis cela comme si tu te battais les flancs pour ne pas être infidèle. Montre-moi donc une femme qui vaille le sacrifice de la fortune du sieur Taillefer.

– Tous les démons sont donc après moi ? s'écria Rastignac.

– Après qui donc en as-tu ? Donne-moi donc la main, dit Bianchon, que je te tâte le pouls. Tu as la fièvre.

– Va donc chez la mère Vauquer, lui dit Eugène, ce scélérat de Vautrin vient de tomber comme mort.

– Ah ! dit Bianchon, qui laissa Rastignac seul, tu me confirmes des soupçons que je veux aller vérifier.

La longue promenade de l'étudiant en droit fut solennelle. Il fit en quelque sorte le tour de sa conscience. Quoique la victoire dût rester aux vertus de la jeunesse, il fut néanmoins ramené par une invincible curiosité sur les quatre heures et demie, à la nuit tombante, vers la Maison Vauquer, qu'il se jurait à lui-même de quitter pour toujours. Vautrin fut trop promptement rétabli pour que Bianchon ne soupçonnât pas quelque complot contre le joyeux boute-en-train de la pension. À l'heure où rentra Rastignac, Vautrin se trouvait donc debout près du poêle dans la salle à manger. Attirés plus tôt que de coutume par la nouvelle du duel de Taillefer le fils, les pensionnaires, curieux de connaître les détails de l'affaire et l'influence qu'elle avait eue sur la destinée de Victorine, étaient réunis. Quand Eugène entra, ses yeux rencontrèrent ceux de l'imperturbable Vautrin, dont le regard pénétra si avant dans son cœur et y remua si fortement quelques cordes mauvaises, qu'il en frissonna.

– Cher enfant, lui dit le forçat évadé, j'ai, selon ces dames, soutenu victorieusement un coup de sang qui aurait dû tuer un bœuf.

– Ma foi, dit Bianchon, mademoiselle Michonneau parlait avant-hier d'un monsieur surnommé *Trompe-la-Mort* : ce nom-là vous irait bien.

Ce mot produisit sur Vautrin l'effet de la foudre : il pâlit et chancela, son regard magnétique tomba comme un rayon de soleil sur mademoiselle Michonneau. La vieille fille se laissa couler sur une chaise. Poiret s'avança vivement entre elle et Vautrin, comprenant qu'elle était en danger. Sans rien comprendre encore à ce drame, tous les pensionnaires restèrent ébahis. En ce moment, l'on entendit le pas de plusieurs hommes et le bruit de quelques fusils que des soldats firent sonner sur le pavé de la rue. Au moment où Collin cherchait machinalement une issue en regardant les fenêtres et les murs, quatre hommes se montrèrent à la porte du salon. Le premier était le chef de la police de sûreté, les trois autres étaient des officiers de paix.

– Au nom de la loi et du roi, dit un des officiers dont le discours fut couvert par un murmure d'étonnement.

Les pensionnaires se séparèrent pour livrer passage à trois de ces hommes qui tenaient tous un pistolet armé. Le pas et les fusils de plusieurs soldats retentirent sur le pavé caillouteux qui longeait la façade. Tout espoir de fuite fut donc interdit à Trompe-la-Mort, sur qui tous les regards s'arrêtèrent irrésistiblement. Le chef alla droit à lui, commença par lui donner sur la tête une tape si violemment appliquée qu'il fit sauter la perruque et rendit à la tête de Collin toute son horreur.

Le sang lui monta au visage, et ses yeux brillèrent comme ceux d'un chat sauvage. Il bondit sur lui-même par un mouvement empreint d'une si féroce énergie, il rugit si bien qu'il arracha des cris de terreur à tous les pensionnaires. À ce geste de lion, les agents tirèrent leurs pistolets. Collin comprit son danger en voyant briller le chien de chaque arme.

Il se mit à sourire et regarda sa perruque.

– Tu n'es pas dans tes jours de politesse, dit-il au chef de la police de sûreté. (Et il tendit ses mains aux gendarmes.) Messieurs, mettez-moi les menottes ou les poucettes[1]. Je prends à témoin les personnes présentes que je ne résiste pas.

Un murmure admiratif retentit dans la salle.

– Ça te la coupe, monsieur l'enfonceur, reprit le forçat en regardant le célèbre directeur de la police judiciaire. Je ne nie rien et je me rends.

Il fit une pause et regarda l'assemblée comme un orateur qui va dire des choses surprenantes.

– Écrivez, papa Lachapelle, dit-il en s'adressant à un petit vieillard en cheveux blancs qui s'était assis au bout de la table après avoir tiré d'un portefeuille le procès-verbal de l'arrestation. Je reconnais être Jacques Collin, dit Trompe-la-Mort, condamné à vingt ans de fers ; et je viens de prouver que je n'ai pas volé mon surnom.

Madame Vauquer se trouva mal en entendant ces mots.

– Mon Dieu ! c'est à en faire une maladie ; moi qui étais hier à la Gaîté avec lui, dit-elle à Sylvie.

1. Poucettes : chaîne à cadenas servant à attacher ensemble les pouces d'un prisonnier.

– Est-ce un malheur d'être allée dans ma loge hier, à la Gaîté ? s'écria Collin. Êtes-vous meilleure que nous ? Nous avons moins d'infamie sur l'épaule que vous n'en avez dans le cœur, membres flasques d'une société gangrenée.

Ses yeux s'arrêtèrent sur Rastignac, auquel il adressa un sourire gracieux qui contrastait singulièrement avec la rude expression de sa figure.

– Notre marché va toujours, mon ange, en cas d'acceptation, toutefois ! Ne soyez pas embarrassé, je sais faire mes recouvrements[1]. L'on me craint trop pour me flouer, moi !

Son regard était celui de l'archange déchu qui veut toujours la guerre. Rastignac baissa les yeux.

– Qui m'a trahi ? dit Collin en promenant son terrible regard sur l'assemblée.

Et l'arrêtant sur mademoiselle Michonneau :

– C'est toi, vieille cagnotte, tu m'as donné un faux coup de sang ! En disant deux mots, je pourrais te faire scier le cou dans huit jours. Je te pardonne, je suis chrétien. D'ailleurs, ce n'est pas toi qui m'as vendu. Mais qui ? Ah ! vous fouillez là-haut, s'écria-t-il en entendant les officiers de la police judiciaire qui ouvraient ses armoires et s'emparaient de ses effets. Et vous ne saurez rien. Mes livres de commerce sont là, dit-il en se frappant le front. Je sais qui m'a vendu maintenant. Ce ne peut être que ce gredin de Fil-de-Soie. Que lui avez-vous donné, à cette Michonnette ? dit-il aux gens

1. Recouvrement : encaissement.

de la police, quelque millier d'écus ? Je valais mieux que ça. Si tu m'avais prévenu, tu aurais eu six mille francs. Ah ! tu ne t'en doutais pas, vieille vendeuse de chair, sans quoi j'aurais eu la préférence. Oui, je les aurais donnés pour éviter un voyage qui me contrarie et qui me fait perdre de l'argent, disait-il pendant qu'on lui mettait les menottes. Au bagne, je serai bientôt rendu à mes occupations. Là-bas, ils vont tous se mettre l'âme à l'envers pour faire évader leur général, ce bon Trompe-la-Mort ! Y a-t-il un de vous qui soit, comme moi, riche de plus de dix mille frères prêts à tout faire pour vous ? demanda-t-il avec fierté. Il y a du bon là, dit-il en se frappant le cœur ; je n'ai jamais trahi personne ! Tiens, cagnotte, vois-les, dit-il en s'adressant à la vieille fille. Ils me regardent avec terreur, mais toi tu leur soulèves le cœur de dégoût.

Il fit une pause en contemplant les pensionnaires.

– Êtes-vous bêtes, vous autres ! N'avez-vous jamais vu de forçat ? Un forçat de la trempe de Collin, ici présent, est un homme moins lâche que les autres.

En ce moment, les agents qui avaient tout ouvert et tout inventorié chez lui rentrèrent et parlèrent à voix basse au chef de l'expédition. Le procès-verbal était fini.

– Messieurs, dit Collin en s'adressant aux pensionnaires, ils vont m'emmener. Vous avez été tous très aimables pour moi pendant mon séjour ici, j'en aurai de la reconnaissance. Recevez mes adieux. Vous me permettrez de vous envoyer des figues de Provence.

Il fit quelques pas et se retourna pour regarder Rastignac.

– Adieu, Eugène, dit-il d'une voix douce et triste qui contrastait singulièrement avec le ton brusque de ses discours. Je t'ai laissé un ami dévoué. En cas de malheur, adresse-toi là. Homme et argent, tu peux disposer de tout.

Ce singulier personnage mit assez de bouffonnerie dans ces dernières paroles pour qu'elles ne pussent être comprises que de Rastignac et de lui.

Quand la maison fut évacuée par les soldats et par les agents de la police, Sylvie, qui frottait de vinaigre les tempes de sa maîtresse, regarda les pensionnaires étonnés.

– Eh bien ! dit-elle, c'était un bon homme tout de même.

Cette phrase rompit le charme que produisait sur chacun la diversité des sentiments excités par cette scène. Les pensionnaires, après s'être examinés entre eux, virent tous à la fois mademoiselle Michonneau grêle, sèche et froide autant qu'une momie, tapie près du poêle. Cette figure, qui leur était antipathique depuis si longtemps, fut tout à coup expliquée. Un murmure qui trahissait un dégoût unanime retentit sourdement. Bianchon, le premier, se pencha vers son voisin.

– Je décampe si cette fille doit continuer à dîner avec nous, dit-il à demi-voix.

En un clin d'œil, chacun approuva la proposition de l'étudiant en médecine qui s'avança vers Poiret.

– Vous qui êtes lié particulièrement avec mademoiselle Michonneau, lui dit-il, faites-lui comprendre qu'elle doit s'en aller à l'instant même.

– À l'instant même ? répéta Poiret étonné.

Puis il vint auprès de la vieille, et lui dit quelques mots à l'oreille.

– Mais mon terme est payé, je suis ici pour mon argent comme tout le monde, dit-elle en lançant un regard de vipère sur les pensionnaires.

– Qu'à cela ne tienne, nous nous cotiserons pour vous le rendre, dit Rastignac.

– Monsieur soutient Collin, répondit-elle en jetant sur l'étudiant un regard venimeux et interrogateur, il n'est pas difficile de savoir pourquoi.

À ce mot, Eugène bondit comme pour se ruer sur la vieille fille et l'étrangler. Ce regard, dont il comprit les perfidies, venait de jeter une horrible lumière dans son âme.

– Laissez-la donc, s'écrièrent les pensionnaires.

Rastignac se croisa les bras et resta muet.

– Finissons-en avec mademoiselle Judas, dit le peintre en s'adressant à madame Vauquer. Madame, si vous ne mettez pas à la porte la Michonneau, nous quittons tous votre baraque et nous dirons partout qu'il ne s'y trouve que des espions et des forçats. Dans le cas contraire, nous nous tairons tous sur cet événement.

Madame Vauquer calcula d'un seul coup d'œil le parti le plus avantageux.

– Allons, ma chère petite belle, vous ne voulez pas la mort de mon établissement, hein ? Vous voyez à quelle extrémité me réduisent ces messieurs ; remontez dans votre chambre pour ce soir.

– Du tout, du tout, crièrent les pensionnaires, nous voulons qu'elle sorte à l'instant.

– Mais elle n'a pas dîné, cette pauvre demoiselle, dit Poiret d'un ton piteux.

– Elle ira dîner où elle voudra, crièrent plusieurs voix.

– À la porte, la moucharde !

– Messieurs, ceci est indécent. Quand on renvoie les gens, on doit y mettre des formes. Nous avons payé, nous restons, dit Poiret en se couvrant de sa casquette et se plaçant sur une chaise à côté de mademoiselle Michonneau.

– Allons, si vous ne vous en allez pas, nous nous en allons, nous autres, dit Bianchon.

Et les pensionnaires firent en masse un mouvement vers le salon.

– Mademoiselle, que voulez-vous donc ? s'écria madame Vauquer, je suis ruinée. Vous ne pouvez pas rester, ils vont en venir à des actes de violence.

Mademoiselle Michonneau se leva.

– Je vais chez madame Buneaud, dit-elle d'un air menaçant.

– Allez où vous voudrez, mademoiselle, dit madame Vauquer, qui vit une cruelle injure dans le choix qu'elle faisait d'une maison avec laquelle elle rivalisait.

Les pensionnaires se mirent sur deux files dans le plus grand silence. Mademoiselle Michonneau ayant fait le geste de prendre le bras de Poiret, il ne put résister à cet appel et vint donner son appui à la vieille. Des applaudissements éclatèrent, et il y eut une explosion de rires.

En ce moment, un commissionnaire entra, remit une lettre à madame Vauquer, qui se laissa couler sur sa chaise après l'avoir lue.

– Mais il n'y a plus qu'à brûler ma maison, le tonnerre y tombe. Le fils Taillefer est mort à trois heures. Madame Couture et Victorine me redemandent leurs effets et vont demeurer chez son père. Monsieur Taillefer permet à sa fille de garder la veuve Couture comme demoiselle de compagnie. Quatre appartements vacants, cinq pensionnaires de moins !

Elle s'assit et parut près de pleurer. Le roulement d'une voiture qui s'arrêtait retentit tout à coup dans la rue.

– Goriot en fiacre, dirent les pensionnaires, la fin du monde arrive.

Le bonhomme alla droit à Eugène, qui restait pensif dans un coin, et le prit par le bras :

– Venez, lui dit-il d'un air joyeux.

– Vous ne savez donc pas ce qui se passe ? lui dit Eugène. Vautrin était un forçat que l'on vient d'arrêter, et le fils Taillefer est mort.

– Eh bien ! qu'est-ce que ça nous fait ? répondit le père Goriot. Je dîne avec ma fille, chez vous. Elle vous attend, venez !

Il tira si violemment Rastignac par le bras qu'il le fit marcher de force et parut l'enlever.

– Dînons, cria le peintre.

En un moment chacun prit sa chaise et s'attabla.

– Par exemple, dit la grosse Sylvie, tout est malheur aujourd'hui, mon haricot de mouton s'est attaché. Bah ! vous le mangerez brûlé, tant pire !

Madame Vauquer n'eut pas le courage de dire un mot en ne voyant que dix personnes au lieu de dix-huit autour de sa table ; mais chacun tenta de la consoler et de l'égayer. Quoiqu'ils ne fussent que dix, ils crièrent comme vingt et semblaient être plus nombreux qu'à l'ordinaire ; ce fut toute la différence qu'il y eut entre ce dîner et celui de la veille. Madame Vauquer elle-même se laissa calmer par l'espérance.

Cette journée devait être jusqu'au soir une fantasmagorie[1] pour Eugène, quand il se trouva dans le fiacre à côté du père Goriot dont les discours trahissaient une joie inaccoutumée.

– C'est fini de ce matin. Nous dînons tous les trois ensemble, ensemble ! comprenez-vous ? Voici quatre ans que je n'ai dîné avec ma petite Delphine. Je vais l'avoir à moi pendant toute une soirée. Nous sommes chez vous depuis ce matin.

La voiture s'arrêta rue d'Artois.

– Allons, montons, dit-il à Rastignac en le conduisant à la porte d'un appartement situé au troisième étage, sur le derrière d'une maison neuve et de belle apparence.

Thérèse, la femme de chambre de madame de Nucingen, leur ouvrit la porte. Eugène se vit dans un délicieux appartement de garçon, composé d'une antichambre, d'un petit salon, d'une chambre à coucher et d'un cabinet ayant vue sur un jardin. Dans le petit salon, dont l'ameublement et le décor pouvaient soutenir la comparaison avec ce qu'il y avait de plus joli, de plus gracieux,

1. Fantasmagorie : féerie.

il aperçut, à la lumière des bougies, Delphine qui se leva d'une causeuse, au coin du feu, et lui dit avec une intonation de voix chargée de tendresse :

– Il a donc fallu vous aller chercher, monsieur qui ne comprenez rien.

L'étudiant prit Delphine dans ses bras, la serra vivement et pleura de joie.

– Je savais bien, moi, qu'il t'aimait, dit tout bas le père Goriot à sa fille.

– Mais venez donc voir, dit madame de Nucingen en prenant Eugène par la main et l'emmenant dans une chambre dont les tapis, les meubles et les moindres détails lui rappelèrent, en de plus petites proportions, celle de Delphine.

– Il y manque un lit, dit Rastignac.

– Oui, monsieur, dit-elle en rougissant et lui serrant la main.

Eugène la regarda et comprit, jeune encore, tout ce qu'il y avait de pudeur vraie dans un cœur de femme aimante.

– Vous êtes une de ces créatures que l'on doit adorer toujours, lui dit-il à l'oreille. Oui, j'ose vous le dire, puisque nous nous comprenons si bien : plus vif et sincère est l'amour, plus il doit être voilé, mystérieux. Ne donnons notre secret à personne.

– A-t-on bien deviné vos vœux ? dit-elle en revenant dans le salon pour se mettre à table.

– Oui, dit-il, trop bien. Hélas ! ce luxe si complet, ces beaux rêves réalisés ; mais je ne puis les accepter de vous, et je suis trop pauvre encore pour…

– Comment ! dit madame de Nucingen, vous refuseriez ? Si vous m'aimez, si je… vous aime, pourquoi reculez-vous devant d'aussi minces obligations ? Si vous connaissiez le plaisir que j'ai eu à m'occuper de tout ce ménage de garçon, vous n'hésiteriez pas et vous me demanderiez pardon. J'avais de l'argent à vous, et je l'ai bien employé, voilà tout.

Le père Goriot avait le sourire fixe en écoutant cette jolie querelle.

– Je vais vous décider, dit-il en sortant de son extase. Mon cher monsieur Eugène, j'ai payé toutes les factures, les voici. Vous ne devez pas un centime pour tout ce qui se trouve ici. Ça ne fait pas une grosse somme, tout au plus cinq mille francs. Je vous les prête, moi ! Vous m'en ferez une reconnaissance sur un chiffon de papier, et vous me les rendrez plus tard.

Quelques pleurs roulèrent à la fois dans les yeux d'Eugène et de Delphine, qui se regardèrent avec surprise. Rastignac tendit la main au bonhomme et la lui serra.

– Eh bien, quoi ! n'êtes-vous pas mes enfants ? dit Goriot.

– Mais, mon pauvre père, dit madame de Nucingen, comment avez-vous donc fait ?

– J'ai vendu mes treize cent cinquante livres de rente perpétuelle[1] ; je me suis fait, avec quinze mille francs, douze cents francs de rentes viagères bien hypothéquées, et j'ai payé vos marchands avec le reste du capital, mes

1. Rente perpétuelle : contrairement à la rente viagère, qui s'arrête à la mort du bénéficiaire, la rente perpétuelle n'est pas limitée dans le temps.

enfants. Moi, j'ai là-haut une chambre de cinquante écus par an, je peux vivre comme un prince avec quarante sous par jour, et j'aurai encore du reste. Je n'use rien, il ne me faut presque pas d'habits.

– Oh ! papa, papa ! dit madame de Nucingen en sautant sur son père qui la reçut sur ses genoux.

Elle le couvrit de baisers, lui caressa les joues avec ses cheveux blonds, et versa des pleurs sur ce vieux visage épanoui. Eugène était pétrifié par l'inépuisable dévouement de cet homme et le contemplait en exprimant cette naïve admiration qui, au jeune âge, est de la foi.

– Je serai digne de tout cela, s'écria-t-il.

– Il a refusé pour toi mademoiselle Taillefer et ses millions, dit le père Goriot. Oui, elle vous aimait, la petite ; et, son frère mort, la voilà riche comme Crésus.

– Oh ! pourquoi le dire ? s'écria Rastignac.

– Eugène, lui dit Delphine à l'oreille, maintenant j'ai un regret pour ce soir. Ah ! je vous aimerai bien, moi ! et toujours.

– Voilà la plus belle journée que j'aie eue depuis vos mariages, s'écria le père Goriot.

La soirée tout entière fut employée en enfantillages, et le père Goriot ne se montra pas le moins fou des trois.

– Et quand l'appartement sera-t-il fini ? dit Eugène en regardant autour de la chambre. Il faudra donc nous quitter ce soir ?

– Oui, mais demain, vous viendrez dîner avec moi, dit-elle d'un air fin. Demain est un jour d'Italiens.

Il était minuit. La voiture de madame de Nucingen attendait. Le père Goriot et l'étudiant retournèrent à la Maison Vauquer en s'entretenant de Delphine. Ils trouvèrent madame Vauquer seule au coin de son poêle, entre Sylvie et Christophe.

– Il n'y aura donc que trois tasses de café à faire demain matin, Sylvie. Qu'ai-je fait au ciel pour m'être attiré tous ces désastres ? Nos provisions de haricots et de pommes de terre sont pour vingt personnes. La police chez moi ! Nous allons donc ne manger que des pommes de terre ! D'où me tombera-t-il des pensionnaires ? J'en perdrai la tête. Et cette sibylle[1] de Michonneau qui m'enlève Poiret ! Qu'est-ce qu'elle lui faisait donc pour s'être attaché cet homme-là qui la suit comme un toutou ? Ce pauvre monsieur Vautrin dont ils ont fait un forçat ! Sylvie, c'est plus fort que moi, je ne le crois pas encore. Un homme gai comme ça, et qui payait rubis sur l'ongle ! Et dire que toutes ces choses-là sont arrivées chez moi, dans un quartier où il ne passe pas un chat !

– Et penser que mademoiselle Michonneau, qui vous fait tout ce tort, va recevoir, à ce qu'on dit, mille écus de rente, s'écria Sylvie.

– Ne m'en parle pas, ce n'est qu'une scélérate ! dit madame Vauquer. Et elle va chez la Buneaud, par-dessus le marché !

En ce moment, Eugène et le père Goriot sonnèrent.

– Ah ! voilà mes deux fidèles, dit la veuve en soupirant.

Les deux fidèles, qui n'avaient qu'un fort léger souvenir des désastres de la pension bourgeoise, annoncèrent

1. Sibylle : prophétesse dans l'Antiquité. Le mot est ici utilisé comme insulte (équivalent de « sorcière »).

sans cérémonie à leur hôtesse qu'ils allaient demeurer à la Chaussée-d'Antin.

– Ah ! Vous m'avez donné le coup de la mort, messieurs ! ça m'a frappée dans l'estomac. Je deviendrai folle, ma parole d'honneur ! Que faire des haricots ? Ah ! si je suis seule ici, tu t'en iras demain, Christophe. Adieu, messieurs, bonne nuit.

Le lendemain, madame Vauquer s'était, suivant son expression, *raisonnée*. Si elle parut affligée comme une femme qui avait perdu tous ses pensionnaires et dont la vie était bouleversée, elle avait toute sa tête, et montra ce qu'était la vraie douleur. Eugène la consola en lui disant que Bianchon, dont l'internat finissait dans quelques jours, viendrait sans doute le remplacer ; que l'employé du Muséum avait souvent manifesté le désir d'avoir l'appartement de madame Couture, et que dans peu de jours elle aurait remonté son personnel.

– Dieu vous entende, mon cher monsieur ! mais le malheur est ici. Avant dix jours, la mort y viendra, vous verrez, lui dit-elle en jetant un regard lugubre sur la salle à manger. Qui prendra-t-elle ?

– Il fait bon déménager, dit tout bas Eugène au père Goriot.

– Madame, dit Sylvie en accourant effarée, voici trois jours que je n'ai vu Mistigris.

– Ah ! bien, si mon chat est mort, s'il nous a quittés, je…

La pauvre veuve n'acheva pas, elle joignit les mains et se renversa sur le dos de son fauteuil, accablée par ce terrible pronostic.

Vers midi, Eugène reçut une lettre élégamment enveloppée, cachetée aux armes de Beauséant. Elle contenait une invitation adressée à monsieur et à madame de Nucingen pour le grand bal annoncé depuis un mois, et qui devait avoir lieu chez la vicomtesse. À cette invitation était joint un petit mot pour Eugène :

J'ai pensé, monsieur, que vous vous chargeriez avec plaisir d'être l'interprète de mes sentiments auprès de madame de Nucingen ; je vous envoie l'invitation que vous m'avez demandée, et serai charmée de faire la connaissance de la sœur de madame de Restaud. Amenez-moi donc cette jolie personne, et faites en sorte qu'elle ne prenne pas toute votre affection, vous m'en devez beaucoup en retour de celle que je vous porte.

VICOMTESSE DE BEAUSÉANT.

Il alla promptement chez Delphine, heureux d'avoir à lui procurer une joie dont il recevrait sans doute le prix. Il la trouva étendue sur sa causeuse, au coin du feu, fraîche, reposée.

– Eh bien ! vous voilà, dit-elle avec émotion.

– Devinez ce que je vous apporte, dit Eugène en s'asseyant près d'elle et lui prenant le bras pour lui baiser la main.

Madame de Nucingen fit un mouvement de joie en lisant l'invitation. Elle tourna sur Eugène ses yeux mouillés, et lui jeta ses bras au cou pour l'attirer à elle dans un délire de satisfaction vaniteuse.

– Et c'est vous à qui je dois ce bonheur ? Personne ne m'a voulu présenter dans ce monde. Vous me trouverez peut-être en ce moment petite, frivole, légère comme une Parisienne ; mais pensez, mon ami, que je suis prête à tout vous sacrifier et que, si je souhaite plus ardemment que jamais d'aller dans le faubourg Saint-Germain, c'est que vous y êtes.

– Ne pensez-vous pas, dit Eugène, que madame de Beauséant a l'air de nous dire qu'elle ne compte pas voir le baron de Nucingen à son bal ?

– Mais oui, dit la baronne en rendant la lettre à Eugène. Ces femmes-là ont le génie de l'impertinence. Mais n'importe, j'irai. Ma sœur doit s'y trouver, je sais qu'elle prépare une toilette délicieuse. Eugène, reprit-elle à voix basse, elle y va pour dissiper d'affreux soupçons. Vous ne savez pas les bruits qui courent sur elle ? Selon certaines personnes, monsieur de Trailles aurait souscrit des lettres de change montant à cent mille francs, presque toutes échues[1], et pour lesquelles il allait être poursuivi. Dans cette extrémité, ma sœur aurait vendu ses diamants, ces beaux diamants qui viennent de madame de Restaud la mère. Enfin, depuis deux jours, il n'est question que de cela. Je conçois alors qu'Anastasie se fasse faire une robe lamée[2] et veuille attirer sur elle tous les regards chez madame de Beauséant, en y paraissant dans tout son éclat et avec ses diamants. Mais je ne veux pas être au-dessous d'elle.

1. Échues : dont la date de paiement est dépassée.
2. Lamée : tissée avec des fils de métal précieux, qui donnent un aspect scintillant.

Elle a toujours cherché à m'écraser, elle n'a jamais été bonne pour moi, qui lui rendais tant de services, qui avais toujours de l'argent pour elle quand elle n'en avait pas. Mais laissons le monde, aujourd'hui je veux être tout heureuse.

Rastignac était encore à une heure du matin chez madame de Nucingen qui, en lui prodiguant l'adieu des amants, lui dit avec une expression de mélancolie :

– Je suis si superstitieuse que je tremble de payer mon bonheur par quelque affreuse catastrophe.

– Enfant, dit Eugène.

– Ah ! c'est moi qui suis l'enfant ce soir, dit-elle en riant.

Eugène revint à la Maison Vauquer avec la certitude de la quitter le lendemain, il s'abandonna donc pendant la route à ces jolis rêves que font tous les jeunes gens quand ils ont encore sur les lèvres le goût du bonheur.

– Eh bien ? lui dit le père Goriot quand Rastignac passa devant sa porte.

– Eh bien ! répondit Eugène, je vous dirai tout demain.

– Tout, n'est-ce pas ? cria le bonhomme. Couchez-vous. Nous allons commencer demain notre vie heureuse.

IV

La mort du père

Le lendemain, vers midi, le bruit d'un équipage s'arrêtait précisément à la porte de la Maison Vauquer.

Madame de Nucingen monta lestement l'escalier. Eugène se trouvait chez lui sans que son voisin le sût. Il avait, en déjeunant, prié le père Goriot d'emporter ses effets, en lui disant qu'ils se retrouveraient à quatre heures rue d'Artois. Mais il remonta chez lui pour voir s'il n'y oubliait rien et s'applaudit d'avoir eu cette pensée en voyant dans le tiroir de sa table l'acceptation en blanc, souscrite à Vautrin, qu'il avait insouciamment jetée là le jour où il l'avait acquittée[1]. N'ayant pas de feu, il allait la déchirer en petits morceaux quand, en reconnaissant la voix de Delphine, il ne voulut faire aucun bruit et s'arrêta pour l'entendre, en pensant qu'elle ne devait avoir aucun secret pour lui. Puis, dès les premiers mots, il trouva la conversation entre le père et la fille trop intéressante pour ne pas l'écouter.

1. Acquittée : payée.

– Ah ! mon père, dit-elle, plaise au ciel que vous ayez eu l'idée de demander compte de ma fortune assez à temps pour que je ne sois pas ruinée ! Puis-je parler ?

– Oui, la maison est vide, dit le père Goriot d'une voix altérée. Qu'est-il donc arrivé de si pressant pour que tu sois venue me chercher ici ?

– Mon père, votre avoué nous a fait découvrir un peu plus tôt le malheur qui sans doute éclatera plus tard. Lorsque monsieur Derville a vu Nucingen lui opposer mille chicanes, il l'a menacé d'un procès en lui disant que l'autorisation du président du tribunal serait promptement obtenue. Nucingen est venu ce matin chez moi pour me demander si je voulais sa ruine et la mienne. Je lui ai répondu que je ne me connaissais à rien de tout cela, que j'avais une fortune, que je devais être en possession de ma fortune, et que tout ce qui avait rapport à ce démêlé regardait mon avoué. N'était-ce pas ce que vous m'aviez recommandé de dire ?

– Bien, répondit le père Goriot.

– Eh bien ! reprit Delphine, il m'a mise au fait de ses affaires. Il a jeté tous ses capitaux et les miens dans des entreprises à peine commencées, et pour lesquelles il a fallu mettre de grandes sommes en dehors. Si je le forçais à me représenter ma dot, il serait obligé de déposer son bilan[1] ; tandis que, si je veux attendre un an, il s'engage sur l'honneur à me rendre une fortune double ou triple de la mienne. Mon cher père, il était sincère, il m'a effrayée. Il m'a demandé pardon de sa conduite,

1. Déposer son bilan : faire faillite.

il m'a rendu ma liberté, m'a permis de me conduire à ma guise, à la condition de le laisser entièrement maître de gérer les affaires sous mon nom. Enfin, il s'est remis entre mes mains pieds et poings liés. Il demande encore pendant deux ans la conduite de la maison, et m'a suppliée de ne rien dépenser pour moi de plus qu'il ne m'accorde. Il m'a prouvé que tout ce qu'il pouvait faire était de conserver les apparences, qu'il avait renvoyé sa danseuse et qu'il allait être contraint à la plus stricte économie, afin d'atteindre au terme de ses spéculations sans altérer son crédit. Je l'ai malmené, j'ai tout mis en doute afin de le pousser à bout et d'en apprendre davantage : il m'a montré ses livres, enfin il a pleuré. Je n'ai jamais vu d'homme en pareil état. Il avait perdu la tête, il parlait de se tuer, il délirait. Il m'a fait pitié.

– Et tu crois à ces sornettes ? s'écria le père Goriot. C'est un comédien ! Ton mari t'abuse. Il est aussi fin que perfide. Non, non, je ne m'en irai pas au Père-Lachaise en laissant mes filles dénuées de tout. Je me connais encore un peu aux affaires. Il a, dit-il, engagé ses fonds dans les entreprises, eh bien ! ses intérêts sont représentés par des valeurs, par des reconnaissances, par des traités ! Qu'il les montre. Nous choisirons les meilleures spéculations, nous en courrons les chances, et nous aurons les titres en notre nom de *Delphine Goriot, épouse séparée quant aux biens du baron de Nucingen*. Mais nous prend-il pour des imbéciles, celui-là ? Eh quoi ! j'aurai travaillé pendant quarante ans, je me serai privé pendant toute ma vie pour vous, mes anges ; et aujourd'hui ma fortune, ma vie s'en iraient en fumée ! Par tout ce qu'il y a de plus sacré sur terre et au ciel, nous allons tirer ça au clair, vérifier les livres, la caisse, les entreprises ! Delphine, ne fais pas une concession d'un quart de liard à cette grosse bête qui t'a mise à la chaîne et t'a rendue malheureuse. S'il a besoin de toi, nous le ferons marcher droit. Mon Dieu, j'ai la tête en feu, j'ai dans le crâne quelque chose qui me brûle. Ma Delphine sur la paille !

– Mon cher père ! allez-y prudemment. Si vous mettiez la moindre velléité[1] de vengeance en cette affaire, et si vous montriez des intentions trop hostiles, je serais perdue. Je vous le jure, il tient ma fortune en ses mains. Il est homme à s'enfuir avec tous les capitaux, et à nous laisser là, le scélérat ! J'ai bien tout examiné. Si nous le poussons à bout, je suis ruinée.

– Mais c'est donc un fripon ?

– Eh bien ! oui, mon père, dit-elle en se jetant sur une chaise en pleurant. Je ne voulais pas vous l'avouer pour vous épargner le chagrin de m'avoir mariée à un homme de cette espèce-là ! Oui, je ne puis plus estimer ce vil Nucingen après tout ce qu'il m'a dit. Un homme capable de se jeter dans les combinaisons commerciales dont il m'a parlé n'a pas la moindre délicatesse, et mes craintes viennent de ce que j'ai lu parfaitement dans son âme. Il m'a nettement proposé, lui, mon mari, la liberté. Vous savez ce que cela signifie ?

– Mais les lois sont là !

– Non, mon père, il n'y a pas de lois contre lui. Ma probité de femme le rassure ; il sait que je lui laisserais

1. Velléité : intention fugitive.

sa fortune et me contenterai de la mienne. Il m'achète ma conscience en me laissant être à mon aise la femme d'Eugène. Nucingen a envoyé des valeurs considérables à Amsterdam, à Londres, à Naples, à Vienne. Comment les saisirions-nous ?

Eugène entendit le son lourd des genoux du père Goriot, qui tomba sans doute sur le carreau de sa chambre.

– Ma fille livrée à ce misérable, il exigera tout d'elle s'il le veut. Pardon, ma fille ! cria le vieillard.

– Oui, si je suis dans un abîme, il y a peut-être de votre faute, dit Delphine. Nous avons si peu de raison quand nous nous marions ! Connaissons-nous le monde, les affaires, les hommes, les mœurs ? Les pères devraient penser pour nous. Cher père, je ne vous reproche rien, pardonnez-moi ce mot. Non, ne pleurez point, papa, dit-elle en baisant le front de son père. Laissez-moi faire ; je saurai le manœuvrer. Il m'aime, je me servirai de mon empire[1] sur lui pour l'amener à me placer promptement quelques capitaux en propriétés. Seulement venez demain pour examiner ses livres, ses affaires. Non, pas demain. Je ne veux pas me tourner le sang. Le bal de madame de Beauséant a lieu après-demain, je veux me soigner pour y être belle, reposée, et faire honneur à mon cher Eugène !

En ce moment une voiture s'arrêta dans la rue Neuve-Sainte-Geneviève, et l'on entendit dans l'escalier la voix de madame de Restaud qui disait à Sylvie :

1. Empire : influence.

– Mon père y est-il ?

– Ah ! mon père, vous a-t-on parlé d'Anastasie ? dit Delphine en reconnaissant la voix de sa sœur. Il paraîtrait qu'il arrive aussi de singulières choses dans son ménage.

– Quoi donc ! dit le père Goriot. Ce serait donc ma fin. Ma pauvre tête ne tiendra pas à un double malheur.

– Bonjour, mon père, dit la comtesse en entrant. Ah ! te voilà, Delphine.

Madame de Restaud parut embarrassée de rencontrer sa sœur.

– Bonjour, Nasie, dit la baronne. Trouves-tu donc ma présence extraordinaire ? Je vois mon père tous les jours, moi.

– Ne me taquine pas, Delphine, dit la comtesse d'une voix lamentable. Je suis bien malheureuse, je suis perdue, mon pauvre père !

– Qu'as-tu, Nasie ? cria le père Goriot. Delphine, allons, secours-la donc, sois bonne pour elle !

– Ma pauvre Nasie, dit madame de Nucingen en asseyant sa sœur, parle. Tu vois en nous les deux seules personnes qui t'aimeront toujours assez pour te pardonner tout.

Elle lui fit respirer des sels, et la comtesse revint à elle.

– Eh bien ! dit la pauvre femme, mon mari sait tout. Mon père, il y a quelque temps, vous souvenez-vous de cette lettre de change de Maxime ? Eh bien ! ce n'était pas la première. J'en avais déjà payé beaucoup. Vers le commencement de janvier, monsieur de Trailles me paraissait bien chagrin. Enfin il ne me disait rien, il était plus aimant, plus tendre que je ne l'avais jamais vu, j'étais toujours plus heureuse. Pauvre Maxime ! dans sa pensée, il me faisait ses adieux, m'a-t-il dit ; il voulait se brûler la cervelle. Enfin je l'ai tant tourmenté, tant supplié, il m'a dit qu'il devait cent mille francs ! Oh ! papa, cent mille francs ! Je suis devenue folle. Vous ne les aviez pas, j'avais tout dévoré…

– Non, dit le père Goriot, je n'aurais pas pu les faire, à moins d'aller les voler. Mais j'y aurais été, Nasie !

À ce mot lugubrement jeté comme un râle d'un mourant, les deux sœurs firent une pause. Quel égoïsme serait resté froid à ce cri de désespoir ?

– Je les ai trouvés en disposant de ce qui ne m'appartenait pas, mon père, dit la comtesse en fondant en larmes.

Delphine fut émue et pleura en mettant la tête sur le cou de sa sœur.

– Tout est donc vrai, dit-elle.

Anastasie baissa la tête, madame de Nucingen la saisit à plein corps, la baisa tendrement, et l'appuya sur son cœur :

– Pour sauver la vie de Maxime, enfin pour sauver tout mon bonheur, reprit la comtesse, j'ai porté chez cet usurier que vous connaissez, ce monsieur Gobseck, les diamants de famille auxquels tient tant monsieur de Restaud, je les ai vendus. Vendus ! comprenez-vous ? Il a été sauvé ! Mais, moi, je suis morte. Restaud a tout su.

– Par qui ? Comment ? Que je le tue ! cria le père Goriot.

– Hier, il m'a fait appeler dans sa chambre. J'y suis allée… « Anastasie, m'a-t-il dit, où sont vos diamants ? »

Chez moi. « Non, m'a-t-il dit, ils sont là, sur ma commode. » Et il m'a montré l'écrin qu'il avait couvert de son mouchoir. « Vous savez d'où ils viennent ? » m'a-t-il dit. Je suis tombée à ses genoux… J'ai pleuré, je lui ai demandé de quelle mort il voulait me voir mourir.

– Tu as dit cela ! s'écria le père Goriot. Par le sacré nom de Dieu, celui qui vous fera mal à l'une ou à l'autre, tant que je serai vivant, peut être sûr que je le brûlerai à petit feu !

Le père Goriot se tut, les mots expiraient dans sa gorge.

– Enfin, il m'a demandé quelque chose de plus difficile à faire que de mourir. Le ciel préserve toute femme d'entendre ce que j'ai entendu !

– J'assassinerai cet homme, dit le père Goriot tranquillement.

– « Anastasie, m'a-t-il dit, nous resterons ensemble, nous avons des enfants. Je ne tuerai pas monsieur de Trailles, je pourrais le manquer, et pour m'en défaire autrement je pourrais me heurter contre la justice humaine. Mais je vous impose deux conditions. Répondez : Ai-je un enfant à moi ? » J'ai dit oui. « Lequel ? » a-t-il demandé. Ernest, notre aîné. « Bien, a-t-il dit. Maintenant, jurez-moi de m'obéir désormais sur un seul point. » J'ai juré. « Vous signerez la vente de vos biens quand je vous le demanderai. »

– Ne signe pas, cria le père Goriot. Ne signe jamais cela. Je lui empoignerai son fils qui, sacré tonnerre, est mon petit-fils. Je le mets dans mon village, j'en aurai soin, sois bien tranquille. Je le ferai capituler, ce monstre-là, en lui disant : Si tu veux avoir ton fils, rends à ma fille son bien et laisse-la se conduire à sa guise. Tonnerre ! Ô mes enfants ! voilà donc votre vie ? Mais c'est ma mort. Que deviendrez-vous donc quand je ne serai plus là ? Je voudrais prendre vos peines, souffrir pour vous. Ah ! quand vous étiez petites, vous étiez bien heureuses…

– Nous n'avons eu que ce temps-là de bon, dit Delphine. Où sont les moments où nous dégringolions du haut des sacs dans le grand grenier ?

– Mon père ! ce n'est pas tout, dit Anastasie à l'oreille de Goriot qui fit un bond. Les diamants n'ont pas été vendus cent mille francs. Maxime est poursuivi. Nous n'avons plus que douze mille francs à payer. Il m'a promis d'être sage, de ne plus jouer. Il ne me reste plus au monde que son amour, et je l'ai payé trop cher pour ne pas mourir s'il m'échappait. Je lui ai sacrifié fortune, honneur, repos, enfants. Oh ! faites qu'au moins Maxime soit libre, honoré, qu'il puisse demeurer dans le monde où il saura se faire une position. Maintenant, il ne me doit pas que le bonheur, nous avons des enfants qui seraient sans fortune. Tout sera perdu s'il est mis à Sainte-Pélagie[1].

– Je ne les ai pas, Nasie. C'est la fin du monde. Ah ! j'ai encore mes boucles d'argent, six couverts, les premiers que j'aie eus dans ma vie. Enfin, je n'ai plus que douze cents francs de rente viagère…

1. Sainte-Pélagie : prison parisienne qui était réservée notamment aux personnes détenues pour dettes.

– Qu'avez-vous donc fait de vos rentes perpétuelles ?

– Je les ai vendues en me réservant ce petit bout de revenu pour mes besoins. Il me fallait douze mille francs pour arranger un appartement à Fifine.

– Je devine, dit la comtesse. Pour monsieur de Rastignac. Ah ! ma pauvre Delphine, arrête-toi. Vois où j'en suis.

– Ma chère, monsieur de Rastignac est un jeune homme incapable de ruiner sa maîtresse.

– Merci, Delphine. Dans la crise où je me trouve, j'attendais mieux de toi ; mais tu ne m'as jamais aimée.

– Si, elle t'aime, Nasie, cria le père Goriot, elle me le disait tout à l'heure

– Quand cela serait, dit Delphine en rougissant, comment t'es-tu comportée envers moi ? Tu m'as reniée, tu m'as fait fermer les portes de toutes les maisons où je souhaitais aller, enfin tu n'as jamais manqué la moindre occasion de me causer de la peine. Et moi, suis-je venue, comme toi, soutirer à ce pauvre père, mille francs à mille francs, sa fortune, et le réduire dans l'état où il est ? Voilà ton ouvrage, ma sœur. Moi, j'ai vu mon père tant que j'ai pu. Je ne l'ai pas mis à la porte, et je ne suis pas venue lui lécher les mains quand j'avais besoin de lui. Je ne savais seulement pas qu'il eût employé ces douze mille francs pour moi.

– Tu étais plus heureuse que moi : monsieur de Marsay était riche, tu en sais quelque chose. Tu as toujours été vilaine comme l'or. Adieu, je n'ai ni sœur, ni…

– Mes enfants, mes enfants, taisez-vous, ou je me tue devant vous.

– Va, Nasie, je te pardonne, dit madame de Nucingen en continuant, tu es malheureuse. Mais je suis meilleure que tu ne l'es.

– Mes enfants, mes enfants, embrassez-vous ! dit le père. Vous êtes deux anges.

– J'aime encore mieux passer pour devoir de l'argent à monsieur de Marsay que d'avouer que monsieur de Trailles me coûte plus de deux cent mille francs, répondit madame de Nucingen.

– Delphine ! cria la comtesse en faisant un pas vers elle.

– Je te dis la vérité quand tu me calomnies, répliqua froidement la baronne.

– Delphine ! tu es une…

Le père Goriot s'élança, retint la comtesse et l'empêcha de parler en lui couvrant la bouche avec sa main.

– Ah ! reprit-il en s'asseyant, vous m'avez fendu le cœur. Je me meurs, mes enfants ! Le crâne me cuit intérieurement comme s'il avait du feu. Soyez donc gentilles, aimez-vous bien ! Vous me feriez mourir. Voyons, Dedel, reprit-il en portant sur la baronne des yeux pleins de larmes, il lui faut douze mille francs, cherchons-les.

– Ma pauvre Nasie, dit Delphine épouvantée de la sauvage et folle expression que la douleur imprimait sur le visage de son père, j'ai eu tort, embrasse-moi…

– Mais où trouver douze mille francs ? Si je me proposais comme remplaçant[1] ? cria le père Goriot.

1. Remplaçant : personne qui se fait payer pour effectuer le service militaire à la place de quelqu'un de plus fortuné.

– Ah ! mon père ! dirent les deux filles en l'entourant, non, non.

– Et puis, pauvre père, ce serait une goutte d'eau, fit observer la comtesse.

– Mais on ne peut donc rien faire ? cria le vieillard désespéré. Je me voue à celui qui te sauvera, Nasie ! je tuerai un homme pour lui. Je ferai comme Vautrin, j'irai au bagne ! je…

Il s'arrêta comme s'il eût été foudroyé.

– Plus rien ! dit-il en s'arrachant les cheveux. Oh ! ma tête ! elle bout !

– Mais, papa, crièrent les deux jeunes femmes qui l'entouraient pour l'empêcher de se frapper la tête contre les murs, soyez donc raisonnable.

Il sanglotait. Eugène, épouvanté, prit la lettre de change souscrite à Vautrin et dont le timbre comportait une plus forte somme ; il en corrigea le chiffre, en fit une lettre de change régulière de douze mille francs à l'ordre de Goriot et entra.

– Voici tout votre argent, madame, dit-il en présentant le papier. Je dormais, votre conversation m'a réveillé, j'ai pu savoir ainsi ce que je devais à monsieur Goriot. Et voici le titre que vous pouvez négocier, je l'acquitterai fidèlement.

La comtesse, immobile, tenait le papier.

– Delphine, dit-elle pâle et tremblante de colère, de fureur, de rage. Comment, monsieur était là, tu le savais ! Tu as eu la petitesse de te venger en me laissant lui livrer mes secrets, ma vie, celle de mes enfants, ma honte, mon honneur ! Va, tu ne m'es plus de rien, je te hais, je te ferai tout le mal possible, je…

La colère lui coupa la parole, et son gosier se sécha.

– Mais c'est mon fils, notre enfant, ton frère, ton sauveur, criait le père Goriot. Embrasse-le donc, Nasie ! Tiens, moi je l'embrasse, reprit-il en serrant Eugène avec une sorte de fureur.

– Laissez-la, mon père, elle est folle en ce moment, dit Delphine.

– Folle ! folle ! Et toi, qu'es-tu ? demanda madame de Restaud.

– Mes enfants, je meurs si vous continuez, cria le vieillard en tombant sur son lit comme frappé par une balle.

La comtesse regarda Eugène, qui restait immobile, abasourdi par la violence de cette scène.

– Monsieur, lui dit-elle en l'interrogeant du geste, de la voix et du regard, sans faire attention à son père dont le gilet fut rapidement défait par Delphine.

– Madame, je paierai et je me tairai, répondit-il sans attendre la question.

– Tu as tué notre père, Nasie ! dit Delphine en montrant le vieillard évanoui à sa sœur, qui se sauva.

– Je lui pardonne bien, dit le bonhomme en ouvrant les yeux, sa situation est épouvantable et tournerait une meilleure tête. Console Nasie, sois douce pour elle, promets-le à ton pauvre père, qui se meurt, demanda-t-il à Delphine en lui pressant la main.

– Mais qu'avez-vous ? dit-elle tout effrayée.

– Rien, rien, répondit le père, ça se passera, J'ai quelque chose qui me presse le front, une migraine.

En ce moment la comtesse rentra, se jeta aux genoux de son père :

– Pardon ! cria-t-elle.

– Allons, dit le père Goriot, tu me fais encore plus de mal maintenant.

– Monsieur, dit la comtesse à Rastignac, les yeux baignés de larmes, la douleur m'a rendue injuste. Vous serez un frère pour moi ? reprit-elle en lui tendant la main.

– Nasie, lui dit Delphine en la serrant, ma petite Nasie, oublions tout.

– Embrassez-vous donc encore. Eh bien ! Nasie, cette lettre de change te sauvera-telle ?

– Je l'espère. Dites donc, papa, voulez-vous y mettre votre signature ?

– Tiens, suis-je bête, moi, d'oublier ça ! Va vite, mon enfant, et fais que Maxime devienne sage.

Eugène était stupéfait.

– Cette pauvre Anastasie a toujours été violente, dit madame de Nucingen, mais elle a bon cœur.

– Elle est revenue pour l'endos[1], dit Eugène à l'oreille de Delphine.

– Vous croyez ?

– Je voudrais ne pas le croire.

– Oui, elle a toujours été un peu comédienne, et mon pauvre père se laisse prendre à ses mines.

– Comment allez-vous, mon bon père Goriot ? demanda Rastignac au vieillard.

– J'ai envie de dormir, répondit-il.

Eugène aida Goriot à se coucher. Puis, quand le bon-

1. Endos : signature au dos d'un document.

homme se fut endormi en tenant la main de Delphine, sa fille se retira.

– Ce soir aux Italiens, dit-elle à Eugène, et tu me diras comment il va. Demain, vous déménagerez, monsieur. Eugène, tu t'es bien conduit. Je vous aimerais davantage si c'était possible ; mais, mon enfant, si vous voulez faire fortune, il ne faut pas jeter comme ça douze mille francs par les fenêtres. Le comte de Trailles est joueur. Ma sœur ne veut pas voir ça. Il aurait été chercher ses douze mille francs là où il sait perdre ou gagner des monts d'or.

Un gémissement les fit revenir chez Goriot, qu'ils trouvèrent en apparence endormi ; mais quand les deux amants s'approchèrent, ils entendirent ces mots : « Elles ne sont pas heureuses ! »

Eugène accompagna Delphine jusque chez elle ; mais, inquiet de l'état dans lequel il avait laissé Goriot, il refusa de dîner avec elle et revint à la Maison Vauquer. Il trouva le père Goriot debout et prêt à s'attabler. Bianchon s'était mis de manière à bien examiner la figure du vermicellier.

Quand il le vit prendre son pain et le sentir pour juger de la farine avec laquelle il était fait, l'étudiant, ayant observé dans ce mouvement une absence totale de ce que l'on pourrait nommer la conscience de l'acte, fit un geste sinistre.

– Qu'a-t-il ? demanda Rastignac.

– À moins que je ne me trompe, il est flambé ! Il a dû se passer quelque chose d'extraordinaire en lui, il me semble être sous le poids d'une apoplexie sérieuse imminente. Quoique le bas de la figure soit assez calme, les traits supérieurs du visage se tirent vers le front malgré lui. Puis les yeux sont dans l'état particulier qui dénote l'invasion du sérum dans le cerveau.

– Y aurait-il quelque remède ?

– Aucun. Si demain soir les symptômes ne cessent pas, le pauvre bonhomme est perdu. Sais-tu par quel événement la maladie a été causée ? Il a dû recevoir un coup violent sous lequel son moral aura succombé.

– Oui, répondit Rastignac en se rappelant que les deux filles avaient battu sans relâche sur le cœur de leur père.

« Au moins, se disait-il, Delphine aime son père, elle ! »

Le soir, aux Italiens, Rastignac prit quelques précautions afin de ne pas trop alarmer madame de Nucingen.

– N'ayez pas d'inquiétude, répondit-elle, mon père est fort. Seulement, ce matin, nous l'avons un peu secoué. Nos fortunes sont en question, songez-vous à l'étendue de ce malheur ? Me croyez-vous une fille dénaturée ? Il est impossible de ne pas aimer un père aussi bon que l'est le nôtre. Pouvais-je empêcher qu'il ne vît enfin les suites naturelles de nos déplorables mariages ? Pourquoi ne les a-t-il pas empêchés ? N'était-ce pas à lui de réfléchir pour nous ? Aujourd'hui, je le sais, il souffre autant que nous ; mais que pouvions-nous y faire ? Il est des situations dans la vie où tout est amertume.

Eugène resta muet, saisi de tendresse par l'expression naïve d'un sentiment vrai. Madame de Nucingen se choqua du silence que gardait Eugène.

– À quoi pensez-vous donc ? lui demanda-t-elle.

– J'écoute encore ce que vous m'avez dit. J'ai cru jusqu'ici vous aimer plus que vous ne m'aimiez.

Elle sourit et s'arma contre le plaisir qu'elle éprouva, pour laisser la conversation dans les bornes imposées par les convenances.

– Eugène, dit-elle en changeant de conversation, vous ne savez donc pas ce qui se passe ? Tout Paris sera demain chez madame de Beauséant. Les Rochefide et le marquis d'Ajuda se sont entendus pour ne rien ébruiter ; mais le Roi signe demain le contrat de mariage, et votre pauvre cousine ne sait rien encore. Elle ne pourra pas se dispenser de recevoir, et le marquis ne sera pas à son bal. On ne s'entretient que de cette aventure.

– Et le monde se rit d'une infamie ! Vous ne savez donc pas que madame de Beauséant en mourra ?

– Non, dit Delphine en souriant, vous ne connaissez pas ces sortes de femmes-là. Mais tout Paris viendra chez elle, et j'y serai ! Je vous dois ce bonheur-là pourtant.

– Mais, dit Rastignac, n'est-ce pas un de ces bruits absurdes comme on en fait tant courir à Paris ?

– Nous saurons la vérité demain.

Eugène ne rentra pas à la Maison Vauquer. Il ne put se résoudre à ne pas jouir de son nouvel appartement. Il dormit le lendemain assez tard, attendit vers midi madame de Nucingen, qui vint déjeuner avec lui. Les jeunes gens sont si avides de ces jolis bonheurs qu'il avait presque oublié le père Goriot. Cependant, vers quatre heures, les deux amants pensèrent à lui en songeant au bonheur qu'il se promettait à venir demeurer dans cette maison. Eugène fit observer qu'il était nécessaire d'y transporter promptement le bonhomme, s'il devait être malade, et quitta Delphine pour courir à la Maison Vauquer. Ni le père Goriot ni Bianchon n'étaient à table.

– Eh bien ! lui dit le peintre, le père Goriot est éclopé. Bianchon est là-haut près de lui. Le bonhomme a vu l'une de ses filles. Puis il a voulu sortir et sa maladie a empiré.

Rastignac s'élança vers l'escalier.

– Monsieur Eugène ! madame vous appelle, cria Sylvie.

– Monsieur, lui dit la veuve, monsieur Goriot et vous, vous deviez sortir le quinze de février. Voici trois jours que le quinze est passé, il faudra me payer un mois pour vous et pour lui mais, si vous voulez garantir le père Goriot, votre parole me suffira.

– Pourquoi ? n'avez-vous pas confiance ?

– Confiance ! si le bonhomme n'avait plus sa tête et mourait, ses filles ne me donneraient pas un liard et toute sa défroque ne vaut pas dix francs. Il a emporté ce matin ses derniers couverts, je ne sais pourquoi.

– Je réponds de tout, dit Eugène en frissonnant d'horreur et appréhendant une catastrophe.

Il monta chez le père Goriot. Le vieillard gisait sur son lit, et Bianchon était auprès de lui.

– Bonjour, père, lui dit Eugène.

Le bonhomme lui sourit doucement, et répondit en tournant vers lui des yeux vitreux :

– Comment va-t-elle ?

– Bien. Et vous ?

– Pas mal.

– Ne le fatigue pas, dit Bianchon en entraînant Eugène dans un coin de la chambre. Il ne peut être sauvé que par un miracle.

– Peut-on le transporter ?

– Impossible. Il faut le laisser là, lui éviter tout mouvement physique et toute émotion… J'ai déjà fait venir le médecin en chef de mon hôpital.

– Eh bien ?

– Il se prononcera demain soir. Il m'a promis de venir après sa journée. Malheureusement ce fichu bonhomme a commis ce matin une imprudence sur laquelle il ne veut pas s'expliquer. Il est sorti vers le matin, il a été à pied dans Paris, on ne sait où. Il a emporté tout ce qu'il possédait de vaillant, il a été faire quelque sacré trafic pour lequel il a outrepassé ses forces ! Une de ses filles est venue.

– La comtesse ? dit Eugène. Une grande brune, l'œil vif et bien coupé, joli pied, taille souple ?

– Oui.

– Laisse-moi seul un moment avec lui, dit Rastignac. Je vais le confesser, il me dira tout, à moi.

– Je vais aller dîner pendant ce temps-là. Seulement tâche de ne pas trop l'agiter ; nous avons encore quelque espoir.

– Sois tranquille.

– Elles s'amuseront bien demain, dit le père Goriot à Eugène quand ils furent seuls. Elles vont à un grand bal.

– Qu'avez-vous donc fait ce matin, papa, pour être si souffrant ce soir qu'il vous faille rester au lit ?

– Rien.

– Anastasie est venue ? Que vous a-t-elle encore demandé ?

– Ah ! reprit-il en rassemblant ses forces pour parler, elle était bien malheureuse, mon enfant ! Nasie n'a pas un sou depuis l'affaire des diamants. Elle avait commandé, pour ce bal, une robe lamée qui doit lui aller comme un bijou. Sa couturière, une infâme, n'a pas voulu lui faire crédit. Le bal est demain, la robe est prête, Nasie est au désespoir. Elle a voulu m'emprunter mes couverts pour les engager[1]. Son mari veut qu'elle aille à ce bal pour montrer à tout Paris les diamants qu'on prétend vendus par elle. Peut-elle dire à ce monstre : « Je dois mille francs, payez-les » ? Non. Sa sœur Delphine ira là dans une toilette superbe. Anastasie ne doit pas être au-dessous de sa cadette. J'ai été si humilié de n'avoir pas eu douze mille francs hier que j'aurais donné le reste de ma misérable vie pour racheter ce tort-là. Oh ! je n'en ai fait ni une ni deux ; j'ai vendu pour six cents francs de couverts et de boucles, puis j'ai engagé, pour un an, mon titre de rente viagère contre quatre cents francs au papa Gobseck. Bah ! je mangerai du pain ! ça me suffisait quand j'étais jeune, ça peut encore aller. Au moins, elle aura une belle soirée, ma Nasie. Elle sera pimpante. J'ai le billet de mille francs là, sous mon chevet. Ça me réchauffe d'avoir sous la tête ce qui va faire plaisir à la pauvre Nasie ! Je vais me remettre au commerce. J'irai à Odessa[2] pour y acheter

1. Engager : mettre en gage, donner en garantie pour paiement d'une dette.
2. Odessa : ville portuaire en Ukraine, sur la mer Noire.

du grain. Les blés valent là trois fois moins que les nôtres ne coûtent. Hé, hé !... Il y a de beaux coups à faire dans les amidons.

« Il est fou », se dit Eugène en regardant le vieillard.

– Allons, restez en repos, ne parlez pas...

Eugène descendit pour dîner quand Bianchon remonta. Puis tous deux passèrent la nuit à garder le malade à tour de rôle, en s'occupant, l'un à lire ses livres de médecine, l'autre à écrire à sa mère et à ses sœurs. Le lendemain, les sangsues mises sur le corps appauvri du bonhomme furent accompagnées de cataplasmes, de bains de pied, de manœuvres médicales pour lesquelles il fallait la force et le dévouement des deux jeunes gens. Madame de Restaud ne vint pas ; elle envoya chercher sa somme par un commissionnaire.

– Je croyais qu'elle serait venue elle-même. Mais ce n'est pas un mal, elle se serait inquiétée, dit le père en paraissant heureux de cette circonstance.

À sept heures du soir, Thérèse vint apporter une lettre de Delphine.

Que faites-vous donc, mon ami ? À peine aimée, serais-je déjà négligée ? Songez que je vous attends ce soir pour aller au bal de madame de Beauséant. Décidément, le contrat de monsieur d'Ajuda a été signé ce matin à la cour, et la pauvre vicomtesse ne l'a su qu'à deux heures. Tout Paris va se porter chez elle, comme le peuple encombre la Grève[1] *quand il*

1. La Grève : la place de Grève (actuellement place de l'Hôtel-de-Ville), où se pratiquaient autrefois les exécutions publiques.

doit y avoir une exécution. N'est-ce pas horrible d'aller voir si cette femme cachera sa douleur, si elle saura bien mourir ?

Je vous attends. Si vous n'étiez pas près de moi dans deux heures, je ne sais si je vous pardonnerais cette félonie[1].

Rastignac prit une plume et répondit ainsi :

J'attends un médecin pour savoir si votre père doit vivre encore. Il est mourant. J'irai vous porter l'arrêt, et j'ai peur que ce ne soit un arrêt de mort. Vous verrez si vous pouvez aller au bal.

Mille tendresses.

Le médecin vint à huit heures et demie, et, sans donner un avis favorable, il ne pensa pas que la mort dût être imminente. Il annonça des mieux et des rechutes alternatives d'où dépendraient la vie et la raison du bonhomme.

– Il vaudrait mieux qu'il mourût promptement, fut le dernier mot du docteur.

Eugène confia le père Goriot aux soins de Bianchon, et partit pour aller porter à madame de Nucingen les tristes nouvelles qui, dans son esprit encore imbu des devoirs de famille, devaient suspendre toute joie.

– Dites-lui qu'elle s'amuse tout de même, lui cria le père Goriot au moment où Rastignac sortit.

Le jeune homme se présenta navré de douleur à Delphine, et la trouva coiffée, chaussée, n'ayant plus que sa robe de bal à mettre.

1. Félonie : trahison.

– Eh quoi, vous n'êtes pas habillé ? dit-elle.

– Mais madame, votre père…

– Encore mon père, s'écria-t-elle en l'interrompant. Pas un mot, Eugène. Je ne vous écouterai que quand vous aurez fait votre toilette. Thérèse a tout préparé chez vous ; ma voiture est prête, prenez-la ; revenez. Nous causerons de mon père en allant au bal. Il faut partir de bonne heure ; si nous sommes pris dans la file des voitures, nous serons bien heureux de faire notre entrée à onze heures.

– Madame !

– Allez ! pas un mot, dit-elle courant dans son boudoir pour y prendre un collier.

– Mais allez donc, monsieur Eugène, vous fâcherez madame, dit Thérèse en poussant le jeune homme épouvanté de cet élégant parricide[1].

Il alla s'habiller en faisant les plus tristes, les plus décourageantes réflexions. Il voyait le monde comme un océan de boue dans lequel un homme se plongeait jusqu'au cou, s'il y trempait le pied.

Malgré ces bonnes pensées, il aimait égoïstement. Son tact lui avait permis de reconnaître la nature du cœur de Delphine. Il pressentait qu'elle était capable de marcher sur le corps de son père pour aller au bal, et il n'avait ni la force de jouer le rôle d'un raisonneur, ni le courage de lui déplaire, ni la vertu de la quitter. Eugène était prêt à faire à sa maîtresse le sacrifice de sa conscience.

1. Parricide : meurtre d'un parent.

– Eh bien ! comment va mon père ? lui dit madame de Nucingen quand il fut de retour et en costume de bal.

– Extrêmement mal, répondit-il. Si vous voulez me donner une preuve de votre affection, nous courrons le voir.

– Eh bien, oui, dit-elle, mais après le bal. Mon bon Eugène, sois gentil, ne me fais pas de morale, viens.

Ils partirent. Eugène resta silencieux pendant une partie du chemin.

– Qu'avez-vous donc ? dit-elle.

– J'entends le râle de votre père, répondit-il avec l'accent de la fâcherie.

Et il se mit à raconter la féroce action à laquelle madame de Restaud avait été poussée par la vanité, la crise mortelle que le dernier dévouement du père avait déterminée, et ce que coûterait la robe lamée d'Anastasie. Delphine pleurait.

« Je vais être laide », pensa-t-elle. Ses larmes se séchèrent.

– J'irai garder mon père, je ne quitterai pas son chevet, reprit-elle.

– Ah ! te voilà comme je te voulais, s'écria Rastignac.

Les lanternes de cinq cents voitures éclairaient les abords de l'hôtel de Beauséant. Le grand monde affluait si abondamment, et chacun mettait tant d'empressement à voir cette grande femme au moment de sa chute, que les appartements, situés au rez-de-chaussée de l'hôtel, étaient déjà pleins quand madame de Nucingen et Rastignac s'y présentèrent.

Les plus belles femmes de Paris animaient les salons de leurs toilettes et de leurs sourires. Les hommes les plus distingués de la cour, les ambassadeurs, les ministres, se pressaient autour de la vicomtesse. L'orchestre faisait résonner les motifs de sa musique sous les lambris dorés de ce palais. Madame de Beauséant se tenait debout devant son premier salon pour recevoir ses prétendus amis. Vêtue de blanc, sans aucun ornement dans ses cheveux simplement nattés, elle semblait calme, et n'affichait ni douleur, ni fierté, ni fausse joie. Personne ne pouvait lire dans son âme.

– Je tremblais que vous ne vinssiez pas, dit-elle à Rastignac.

– Madame, répondit-il d'une voix émue en prenant ce mot pour un reproche, je suis venu pour rester le dernier.

– Bien, dit-elle en lui prenant la main. Vous êtes peut-être ici le seul auquel je puisse me fier. Mon ami, aimez une femme que vous puissiez aimer toujours. N'en abandonnez aucune.

Elle prit le bras de Rastignac et le mena sur un canapé, dans le salon où l'on jouait.

– Allez, lui dit-elle, chez le marquis. Jacques, mon valet de chambre, vous y conduira et vous remettra une lettre pour lui. Je lui demande ma correspondance. Il vous la remettra tout entière, j'aime à le croire. Si vous avez mes lettres, montez dans ma chambre. On me préviendra.

Elle se leva pour aller au-devant de la duchesse de Langeais, sa meilleure amie.

Rastignac partit, fit demander le marquis d'Ajuda à l'hôtel de Rochefide. Le marquis l'emmena chez lui, remit une boîte à l'étudiant. Il pressa la main de Rastignac par un mouvement affectueusement triste, et lui fit signe de partir. À l'hôtel de Beauséant, il fut introduit dans la chambre de la vicomtesse, où il vit les apprêts d'un départ. Il s'assit auprès du feu, regarda la cassette en cèdre, et tomba dans une profonde mélancolie.

– Ah ! mon ami, dit la vicomtesse en entrant et appuyant sa main sur l'épaule de Rastignac.

Il aperçut sa cousine en pleurs, les yeux levés, une main tremblante, l'autre levée. Elle prit tout à coup la boîte, la plaça dans le feu et la vit brûler.

– Ils dansent ! Ils sont venus tous bien exactement, tandis que la mort viendra tard. Chut ! mon ami, dit-elle en mettant un doigt sur la bouche de Rastignac prêt à parler. Je ne verrai plus jamais ni Paris ni le monde. À cinq heures du matin, je vais partir pour aller m'ensevelir au fond de la Normandie. Je voudrais vous donner un gage de mon amitié. Je penserai souvent à vous, qui m'avez paru bon et noble, jeune et candide au milieu de ce monde où ces qualités sont si rares. Je souhaite que vous songiez quelquefois à moi. Tenez, dit-elle en jetant les yeux autour d'elle, voici le coffret où je mettais mes gants. Toutes les fois que j'en ai pris avant d'aller au bal ou au spectacle, je me sentais belle, parce que j'étais heureuse, et je n'y touchais que pour y laisser quelque pensée gracieuse : il y a beaucoup de moi là-dedans, il y a toute une madame de Beauséant qui n'est plus. Acceptez-le. Descendons, je ne veux pas leur laisser croire que je pleure. J'ai l'éternité devant moi, j'y serai seule, et personne ne m'y demandera compte de mes larmes.

Puis, après s'être un moment caché les yeux avec sa main, elle se les essuya, les baigna d'eau fraîche, et prit le bras de l'étudiant.

– Marchons ! dit-elle.

Rastignac n'avait pas encore senti d'émotion aussi violente que fut le contact de cette douleur si noblement contenue. En rentrant dans le bal, Eugène aperçut les deux sœurs. La comtesse était magnifique avec tous ses diamants étalés, elle les portait pour la dernière fois. Quelque puissants que fussent son orgueil et son amour, elle ne soutenait pas bien les regards de son mari. Ce spectacle n'était pas de nature à rendre les pensées de Rastignac moins tristes. Il revit alors le grabat sur lequel gisait le père Goriot.

Vers quatre heures du matin, la foule des salons commençait à s'éclaircir. Bientôt la musique ne se fit plus entendre. La duchesse de Langeais et Rastignac se trouvèrent seuls dans le grand salon. La vicomtesse, croyant n'y rencontrer que l'étudiant, y vint après avoir dit adieu à monsieur de Beauséant, qui s'alla coucher en lui répétant :

– Vous avez tort, ma chère, d'aller vous enfermer à votre âge ! Restez donc avec nous.

En voyant la duchesse, madame de Beauséant ne put retenir une exclamation.

– Je vous ai devinée, Clara, dit madame de Langeais. Vous partez pour ne plus revenir ; mais vous ne partirez pas sans m'avoir entendue et sans que nous nous soyons comprises.

Elle prit son amie par le bras, l'emmena dans le salon voisin, et là, la regardant avec des larmes dans les yeux, elle la serra dans ses bras et la baisa sur les joues.

– Je ne veux pas vous quitter froidement, ma chère, ce serait un remords trop lourd. Vous pouvez compter sur moi comme sur vous-même. Vous avez été grande ce soir, je me suis sentie digne de vous, et veux vous le prouver. J'ai eu des torts envers vous, je n'ai pas toujours été bien, pardonnez-moi, je voudrais reprendre mes paroles. Une même douleur a réuni nos âmes, et je ne sais qui de nous sera la plus malheureuse. Monsieur de Montriveau n'était pas ici ce soir, comprenez-vous ? Qui vous a vue pendant ce bal, Clara, ne vous oubliera jamais. Moi, je tente un dernier effort. Si j'échoue, j'irai dans un couvent. Où allez-vous, vous ?

– En Normandie, à Courcelles, aimer, prier, jusqu'au jour où Dieu me retirera de ce monde.

L'étudiant plia le genou, prit la main de sa cousine et la baisa.

– Antoinette, adieu ! reprit madame de Beauséant, soyez heureuse. Quant à vous, vous l'êtes, vous êtes jeune, vous pouvez croire à quelque chose, dit-elle à l'étudiant. À mon départ de ce monde, j'aurai eu, comme quelques mourants privilégiés, de sincères émotions autour de moi !

Rastignac s'en alla vers cinq heures, après avoir vu madame de Beauséant dans sa berline[1] de voyage, après avoir reçu son dernier adieu mouillé de larmes qui prou-

1. Berline : voiture à cheval à quatre roues et à quatre places.

vaient que les personnes les plus élevées ne vivent pas sans chagrins.

Eugène revint à pied vers la Maison Vauquer, par un temps humide et froid. Son éducation s'achevait.

– Nous ne sauverons pas le pauvre père Goriot, lui dit Bianchon quand Rastignac entra chez son voisin.

– Mon ami, lui dit Eugène après avoir regardé le vieillard endormi, va, poursuis la destinée modeste à laquelle tu bornes tes désirs. Moi, je suis en enfer, et il faut que j'y reste. Quelque mal que l'on te dise du monde, crois-le !

Le lendemain, Rastignac fut éveillé sur les deux heures après midi par Bianchon, qui, forcé de sortir, le pria de garder le père Goriot, dont l'état avait fort empiré pendant la matinée.

– Le bonhomme n'a peut-être pas six heures à vivre, dit l'élève en médecine, et cependant nous ne pouvons pas cesser de combattre le mal. Il va falloir lui donner des soins coûteux. Nous serons bien ses gardes-malades ; mais je n'ai pas le sou. J'ai retourné ses poches, fouillé ses armoires : zéro. Je l'ai questionné dans un moment où il avait sa tête, il m'a dit ne pas avoir un liard à lui. Qu'as-tu, toi ?

– Il me reste vingt francs, répondit Rastignac, mais j'irai les jouer, je gagnerai.

– Si tu perds ?

– Je demanderai de l'argent à ses gendres et à ses filles.

– Et s'ils ne t'en donnent pas ? reprit Bianchon. Le plus pressé dans ce moment n'est pas de trouver de l'argent, il faut envelopper le bonhomme d'un sinapisme[1] bouillant depuis les pieds jusqu'à la moitié des cuisses. S'il crie, il y aura de la ressource. Tu sais comment cela s'arrange, Christophe t'aidera. Moi, je passerai chez l'apothicaire répondre de tous les médicaments que nous y prendrons. Il est malheureux que le pauvre homme n'ait pas été transportable à notre hospice, il y aurait été mieux. Allons, viens que je t'installe, et ne le quitte pas que je ne sois revenu.

Les deux jeunes gens entrèrent dans la chambre où gisait le vieillard. Eugène fut effrayé du changement de cette face convulsée, blanche et profondément débile[2].

– Eh bien, papa ? lui dit-il en se penchant sur le grabat.

Goriot leva sur Eugène des yeux ternes et le regarda fort attentivement sans le reconnaître. L'étudiant ne soutint pas ce spectacle, des larmes humectèrent ses yeux.

– Bianchon, ne faudrait-il pas des rideaux aux fenêtres ?

– Non. Les circonstances atmosphériques ne l'affectent plus. Ce serait trop heureux s'il avait chaud ou froid. Néanmoins il nous faut du feu pour faire les tisanes et préparer bien des choses. Je t'enverrai des falourdes[3] qui nous serviront jusqu'à ce que nous ayons du bois. Hier et cette nuit, j'ai brûlé le tien et toutes les mottes du pauvre homme. Il faisait humide, l'eau dégouttait des

1. Sinapisme : préparation à base de farine de moutarde, qui s'applique sur le corps.
2. Débile : qui manque de force.
3. Falourde : gros fagot.

murs. À peine ai-je pu sécher la chambre. Christophe l'a balayée, c'est vraiment une écurie. J'y ai brûlé du genièvre, ça puait trop. Tiens, s'il demande à boire, tu lui donneras de ceci, dit l'interne en montrant à Rastignac un grand pot blanc.

– Se sont-elles bien amusées ? dit le père Goriot, qui reconnut Eugène.

– Oh ! il ne pense qu'à ses filles. Il m'a dit plus de cent fois cette nuit : « Elles dansent ! elle a sa robe. » Il les appelait par leurs noms. Il me faisait pleurer ! Je descends dire à Sylvie de préparer les sinapismes, cria Bianchon, le moment est favorable.

Rastignac resta seul près du vieillard, assis au pied du lit, les yeux fixés sur cette tête effrayante et douloureuse à voir.

– Madame de Beauséant s'enfuit, celui-ci se meurt, dit-il. Les belles âmes ne peuvent pas rester longtemps en ce monde. Comment les grands sentiments s'allieraient-ils, en effet, à une société mesquine, petite, superficielle ?

Les images de la fête à laquelle il avait assisté se représentèrent à son souvenir et contrastèrent avec le spectacle de ce lit de mort.

– Allez-vous mieux ? demanda l'étudiant en prenant la main du père Goriot.

– Oui, j'avais la tête serrée comme dans un étau, mais elle se dégage. Avez-vous vu mes filles ? Elles vont venir bientôt, elles accourront aussitôt qu'elles me sauront malade. La robe lamée était-elle belle au moins? Elles vont venir. Je les connais. Cette bonne Delphine, si je meurs, quel chagrin je lui causerai ! Nasie aussi. Je ne voudrais pas mourir, pour ne pas les faire pleurer. Mourir, mon bon Eugène, c'est ne plus les voir. Rue de la Jussienne, elles descendaient le matin. Je les prenais sur mes genoux, je leur faisais mille agaceries, des niches[1]. Nous déjeunions tous les matins ensemble, nous dînions, enfin j'étais père, je jouissais de mes enfants. Mon Dieu ! pourquoi ne sont-elles pas toujours restées petites ? Mon Dieu ! si j'avais seulement leurs mains dans les miennes, je ne sentirais point mon mal. Croyez-vous qu'elles viennent ? Mais vous avez été hier au bal. Dites-moi donc comment elles étaient ? Elles ne savaient rien de ma maladie, n'est-ce pas ? Elles n'auraient pas dansé, pauvres petites ! Oh ! je ne veux plus être malade. Elles ont encore trop besoin de moi. Leurs fortunes sont compromises. Et à quels maris sont-elles livrées ! Voyez-vous, il faut me guérir, parce qu'il leur faut de l'argent, et je sais où aller en gagner. J'irai faire de l'amidon à Odessa. Je suis un malin, je gagnerai des millions.

Un léger assoupissement survint et dura longtemps. Christophe revint. Rastignac, qui croyait le père Goriot endormi, laissa le garçon lui rendre compte à haute voix de sa mission.

– Monsieur, dit-il, je suis d'abord allé chez madame la comtesse, à laquelle il m'a été impossible de parler, elle était dans de grandes affaires avec son mari. Comme j'insistais, monsieur de Restaud est venu lui-même, et m'a dit comme ça : « Monsieur Goriot se meurt, eh

1. Niche : plaisanterie (familier).

bien ! c'est ce qu'il a de mieux à faire. J'ai besoin de madame de Restaud pour terminer des affaires importantes, elle ira quand tout sera fini. » Il avait l'air en colère, ce monsieur-là. J'allais sortir, lorsque madame est entrée dans l'antichambre par une porte que je ne voyais pas, et m'a dit : « Christophe, dis à mon père que je suis en discussion avec mon mari, je ne puis pas le quitter ; il s'agit de la vie ou de la mort de mes enfants : mais aussitôt que tout sera fini, j'irai. » Quant à madame la baronne, autre histoire ! je ne l'ai point vue, et je n'ai pu lui parler. « Ah ! me dit la femme de chambre, madame est rentrée du bal à cinq heures un quart, elle dort ; si je l'éveille avant midi, elle me grondera. Je lui dirai que son père va plus mal quand elle me sonnera. Pour une mauvaise nouvelle, il est toujours temps de la lui dire. »

– Aucune de ses filles ne viendrait ! s'écria Rastignac. Je vais écrire à toutes deux.

– Aucune, répondit le vieillard en se dressant sur son séant. Elles ont des affaires, elles dorment, elles ne viendront pas. Je le savais. Ah ! mon ami, ne vous mariez pas, n'ayez pas d'enfants ! Vous leur donnez la vie, ils vous donnent la mort. Vous les faites entrer dans le monde, ils vous en chassent. Non, elles ne viendront pas ! Je sais cela depuis dix ans. Je me le disais quelquefois, mais je n'osais pas y croire.

Une larme roula dans chacun de ses yeux.

– Ah ! si j'étais riche, si j'avais gardé ma fortune, si je ne la leur avais pas donnée, elles seraient là ! Je demeurerais dans un hôtel, j'aurais de belles chambres, des domestiques, du feu à moi ; et elles seraient tout en larmes, avec leurs maris, leurs enfants. J'aurais tout cela. Mais rien. L'argent donne tout, même des filles. Si j'avais des trésors à laisser, elles me soigneraient ; je les entendrais, je les verrais. Les misérables ! elles couronnent dignement leur conduite envers moi depuis dix ans. Si vous saviez comme elles étaient aux petits soins pour moi dans les premiers temps de leur mariage ! Je venais de leur donner à chacune près de huit cent mille francs, elles ne pouvaient pas, ni leurs maris non plus, être rudes avec moi.

Et me voilà à la porte de mes filles. Ô mon Dieu, elles se sont bien vengées de mon affection, elles m'ont tenaillé comme des bourreaux. Ah ! mon bon ami, monsieur Eugène, depuis le jour où leurs yeux n'ont plus rayonné sur moi, j'ai toujours été en hiver ici ! J'ai vécu pour être humilié, insulté. Je leur ai donné ma vie, elles ne me donneront pas une heure aujourd'hui ! J'ai soif, j'ai faim, le cœur me brûle, elles ne viendront pas rafraîchir mon agonie, car je meurs, je le sens. Mais elles ne savent donc pas ce que c'est que de marcher sur le cadavre de son père ? Oh ! elles viendront ! Venez, mes chéries, après tout, vous êtes innocentes. Elles sont innocentes, mon ami ! Dites-le bien à tout le monde, qu'on ne les inquiète pas à mon sujet. Tout est de ma faute, je les ai habituées à me fouler aux pieds. Moi seul ai causé les désordres de mes filles, je les ai gâtées. Elles veulent aujourd'hui le plaisir, comme elles voulaient autrefois du bonbon. Je leur ai toujours permis de satisfaire leurs fantaisies de jeunes filles. À quinze ans, elles avaient voiture ! Rien ne leur a résisté. Moi seul suis coupable, mais coupable par amour. Je paierai. Écrivez-leur que j'ai des millions à leur laisser ! Parole d'honneur. J'irai faire des pâtes d'Italie à Odessa. Je connais la manière. Il y a, dans mon projet, des millions à gagner. Je veux mes filles ! je les ai faites ! elles sont à moi ! dit-il en se dressant sur son séant.

– Allons, lui dit Eugène, recouchez-vous, mon bon père Goriot, je vais leur écrire. Aussitôt que Bianchon sera de retour, j'irai si elles ne viennent pas.

– Si elles ne viennent pas ? répéta le vieillard en sanglotant. Mais je serai mort, mort dans un accès de rage ! Je les connais. Elles n'ont jamais rien su deviner de mes chagrins, de mes douleurs, de mes besoins, elles ne devineront pas plus ma mort ; elles ne sont seulement pas dans le secret de ma tendresse. Mais allez donc, dites-leur donc que, ne pas venir, c'est un parricide ! Elles en ont assez commis sans ajouter celui-là. Mourrai-je donc comme un chien ? Voilà ma récompense, l'abandon. Ce sont des infâmes, des scélérates ; je les abomine, je les maudis. Qu'est-ce que je dis ? Ne m'avez-vous pas averti que Delphine est là ? C'est la meilleure des deux. Vous êtes mon fils, Eugène, vous ! Aimez-la, soyez un père pour elle. L'autre est bien malheureuse. Et leurs fortunes ! Ah, mon Dieu ! J'expire, je souffre trop !

– Christophe, allez chercher Bianchon, s'écria Eugène épouvanté du caractère que prenaient les plaintes et les cris du vieillard, et ramenez-moi un cabriolet. Je vais aller chercher vos filles, mon bon père Goriot, je vous les ramènerai.

– De force, de force ! Demandez la garde ! dit-il en jetant à Eugène un dernier regard où brilla la raison. Dites au gouvernement, au procureur du roi, qu'on me les amène, je le veux !

– Mais vous les avez maudites.

– Qui est-ce qui a dit cela ? répondit le vieillard stupéfait. Vous savez bien que je les aime, je les adore ! Je suis guéri si je les vois… Allez, mon bon voisin, mon cher enfant, vous êtes bon. Je voudrais au moins voir Delphine. Elle vous aime tant qu'elle viendra. À boire, les entrailles me brûlent ! Mettez-moi quelque chose sur la tête. La main de mes filles, ça me sauverait, je le sens…

– Buvez ceci, dit Eugène en soulevant le moribond et le prenant dans son bras gauche tandis que de l'autre il tenait une tasse pleine de tisane.

– Vous devez aimer votre père et votre mère, vous ! dit le vieillard en serrant de ses mains défaillantes la main d'Eugène. Comprenez-vous que je vais mourir sans les voir, mes filles ? Avoir soif, toujours, et ne jamais boire, voilà comment j'ai vécu depuis dix ans…

– Mon bon père Goriot, calmez-vous, voyons.

– Ne pas les voir, voilà l'agonie !

– Vous allez les voir.

– Vrai ? cria le vieillard égaré. Oh ! Je mourrai heureux.

Il tomba la tête sur l'oreiller comme s'il recevait un coup de masse. En ce moment Bianchon entra. Il regarda le malade, lui souleva de force les paupières, et les deux étudiants lui virent un œil sans chaleur et terne.

– Il n'en reviendra pas, dit Bianchon.

Il prit le pouls, le tâta, mit la main sur le cœur du bonhomme.

– Dis donc, il va falloir bien des choses ; où prendre de l'argent ?

Rastignac tira sa montre.

– Tiens, mets-la vite en gage. Je ne veux pas m'arrêter en route, car j'ai peur de perdre une minute, et j'attends Christophe. Je n'ai pas un liard, il faudra payer mon cocher au retour.

Rastignac se précipita dans l'escalier, et partit pour aller rue du Helder chez madame de Restaud. Pendant le chemin, son imagination, frappée de l'horrible spectacle dont il avait été témoin, échauffa son indignation. Quand il arriva dans l'antichambre, on lui répondit qu'elle n'était pas visible.

– Mais, dit-il au valet de chambre, je viens de la part de son père qui se meurt.

– Monsieur, nous avons de monsieur le comte les ordres les plus sévères.

– Si monsieur de Restaud y est, prévenez-le qu'il faut que je lui parle à l'instant même.

Le valet de chambre l'introduisit dans le premier salon où monsieur de Restaud reçut l'étudiant debout, sans le faire asseoir, devant une cheminée où il n'y avait pas de feu.

– Monsieur le comte, lui dit Rastignac, monsieur votre beau-père expire en ce moment dans un bouge infâme, sans un liard pour avoir du bois ; il est exactement à la mort et demande à voir sa fille...

– Monsieur, lui répondit avec froideur le comte de Restaud, vous avez pu vous apercevoir que j'ai fort peu de tendresse pour monsieur Goriot. Qu'il meure, qu'il vive, tout m'est parfaitement indifférent. Le monde pourra me blâmer, je méprise l'opinion. J'ai maintenant des choses plus importantes à accomplir qu'à m'occuper de ce que penseront de moi des sots ou des indifférents[1]. Quant à madame de Restaud, elle est hors d'état de sortir. D'ailleurs, je ne veux pas qu'elle quitte sa maison. Dites à son père qu'aussitôt qu'elle aura rempli ses devoirs envers moi, envers mon enfant, elle ira le voir. Si elle aime son père, elle peut être libre dans quelques instants…

– Monsieur le comte, il ne m'appartient pas de juger de votre conduite ; mais je puis compter sur votre loyauté ? Eh bien ! promettez-moi seulement de lui dire que son père n'a pas un jour à vivre, et l'a déjà maudite en ne la voyant pas à son chevet !

– Dites-le-lui vous-même, répondit monsieur de Restaud, frappé des sentiments d'indignation que trahissait l'accent d'Eugène.

Rastignac entra, conduit par le comte, dans le salon où se tenait habituellement la comtesse : il la trouva noyée de larmes, et plongée dans une bergère comme une femme qui voulait mourir. Elle lui fit pitié. Avant de regarder Rastignac, elle jeta sur son mari de craintifs regards. Le comte hocha la tête, elle se crut encouragée à parler.

1. Indifférent : le mot désigne ici une personne dont on ne se soucie pas.

– Monsieur, j'ai tout entendu. Dites à mon père que s'il connaissait la situation dans laquelle je suis, il me pardonnerait. Je ne comptais pas sur ce supplice, il est au-dessus de mes forces, monsieur, mais je résisterai jusqu'au bout, dit-elle à son mari. Je suis mère. Dites à mon père que je suis irréprochable envers lui, malgré les apparences, cria-t-elle avec désespoir à l'étudiant.

Eugène salua les deux époux, en devinant l'horrible crise dans laquelle était la femme, et se retira stupéfait. Le ton de monsieur de Restaud lui avait démontré l'inutilité de sa démarche, et il comprit qu'Anastasie n'était plus libre.

Il courut chez madame de Nucingen, et la trouva dans son lit.

– Je suis souffrante, mon pauvre ami, lui dit-elle. J'ai pris froid en sortant du bal, j'ai peur d'avoir une fluxion de poitrine, j'attends le médecin…

– Eussiez-vous la mort sur les lèvres, lui dit Eugène en l'interrompant, il faut vous traîner auprès de votre père. Il vous appelle ! Si vous pouviez entendre le plus léger de ses cris, vous ne vous sentiriez point malade.

– Eugène, mon père n'est peut-être pas aussi malade que vous le dites ; mais je serais au désespoir d'avoir le moindre tort à vos yeux, et je me conduirai comme vous le voudrez. J'irai dès que mon médecin sera venu. Ah ! pourquoi n'avez-vous plus votre montre ? dit-elle en ne voyant plus la chaîne. Eugène ! Eugène, si vous l'aviez déjà vendue, perdue… oh ! cela serait bien mal.

L'étudiant se pencha sur le lit de Delphine, et lui dit à l'oreille :

– Vous voulez le savoir ? Eh bien ! votre père n'a pas de quoi s'acheter le linceul dans lequel on le mettra ce soir. Votre montre est en gage, je n'avais plus rien.

Delphine sauta tout à coup hors de son lit, courut à son secrétaire, y prit sa bourse, la tendit à Rastignac. Elle sonna et s'écria :

– J'y vais, j'y vais, Eugène. Laissez-moi m'habiller. Thérèse, cria-t-elle à sa femme de chambre, dites à monsieur de Nucingen de monter me parler à l'instant même.

Eugène, heureux de pouvoir annoncer au moribond la présence d'une de ses filles, arriva presque joyeux rue Neuve-Sainte-Geneviève. Il fouilla dans la bourse pour pouvoir payer immédiatement son cocher. La bourse de cette jeune femme, si riche, si élégante, contenait soixante-dix francs.

Parvenu en haut de l'escalier, il trouva le père Goriot maintenu par Bianchon, et opéré par le chirurgien de l'hôpital, sous les yeux du médecin. On lui brûlait le dos avec des moxas[1], dernier remède de la science, remède inutile.

– Les sentez-vous ? demandait le médecin.

Le père Goriot, ayant entrevu l'étudiant, répondit :

– Elles viennent, n'est-ce pas ?

– Il peut s'en tirer, dit le chirurgien, il parle.

– Oui, répondit Eugène, Delphine me suit.

– Cessez, dit le médecin au chirurgien, il n'y a plus rien à faire, on ne le sauvera pas.

1. Moxa : cône de coton ou de feuilles séchées que l'on brûle sur le corps d'un malade.

Bianchon et le chirurgien replacèrent le mourant à plat sur son grabat infect.

– Il faudrait cependant le changer de linge, dit le médecin. Quoiqu'il n'y ait aucun espoir, il faut respecter en lui la nature humaine. Je reviendrai, Bianchon. S'il se plaignait encore, mettez-lui de l'opium sur le diaphragme.

Le chirurgien et le médecin sortirent.

– Allons, Eugène, du courage, mon fils ! dit Bianchon à Rastignac quand ils furent seuls, il s'agit de lui mettre une chemise blanche et de changer son lit. Va dire à Sylvie de monter des draps et de venir nous aider.

Eugène descendit et trouva madame Vauquer occupée à mettre le couvert avec Sylvie. Aux premiers mots que lui dit Rastignac, la veuve vint à lui.

– Mon cher monsieur Eugène, répondit-elle, vous savez tout comme moi que le père Goriot n'a plus le sou. Donner des draps à un homme en train de tortiller de l'œil, c'est les perdre, d'autant qu'il faudra bien en sacrifier un pour le linceul. Vous me devez déjà cent quarante-quatre francs, mettez quarante francs de draps, et quelques autres petites choses, la chandelle que Sylvie vous donnera, tout cela fait au moins deux cents francs, qu'une pauvre veuve comme moi n'est pas en état de perdre. Soyez juste, monsieur Eugène, j'ai bien assez perdu depuis cinq jours que le guignon[1] s'est logé chez moi.

Eugène remonta rapidement chez le père Goriot.

1. Guignon : malchance.

– Bianchon, l'argent de la montre ?

– Il est là sur la table, il en reste trois cent soixante et quelques francs. J'ai payé sur ce qu'on m'a donné tout ce que nous devions. La reconnaissance du Mont-de-Piété est sous l'argent.

– Tenez, madame, dit Rastignac après avoir dégringolé l'escalier avec horreur, soldez nos comptes. Monsieur Goriot n'a pas longtemps à rester chez vous, et moi…

– Oui, il en sortira les pieds en avant, pauvre bonhomme, dit-elle en comptant deux cents francs, d'un air moitié gai, moitié mélancolique.

– Finissons, dit Rastignac.

– Sylvie, donnez les draps, et allez aider ces messieurs là-haut… Vous n'oublierez pas Sylvie, dit madame Vauquer à l'oreille d'Eugène, voilà deux nuits qu'elle veille.

Dès qu'Eugène eut le dos tourné, la vieille courut à sa cuisinière :

– Prends les draps retournés, numéro sept. Par Dieu, c'est toujours assez bon pour un mort, lui dit-elle à l'oreille.

Eugène se mit à la tête du lit et soutint le moribond, auquel Bianchon enleva sa chemise, et le bonhomme fit un geste comme pour garder quelque chose sur sa poitrine, et poussa des cris plaintifs et inarticulés.

– Oh ! dit Bianchon, il veut une petite chaîne de cheveux et un petit médaillon que nous lui avons ôtés tout à l'heure pour lui poser ses moxas. Pauvre homme ! il faut la lui remettre. Elle est sur la cheminée.

Eugène alla prendre une chaîne tressée avec des cheveux blond cendré, sans doute ceux de madame Goriot. Il lut d'un côté du médaillon : Anastasie, et de l'autre : Delphine. Les boucles contenues étaient d'une telle finesse qu'elles devaient avoir été prises pendant la première enfance des deux filles. Lorsque le médaillon toucha sa poitrine, son visage convulsé prit une expression de joie maladive.

– Nasie ! Fifine ! dit-il.

– Il vit encore, dit Bianchon.

– À quoi ça lui sert-il ? dit Sylvie.

– À souffrir, répondit Rastignac.

Après avoir fait à son camarade un signe pour lui dire de l'imiter, Bianchon s'agenouilla pour passer ses bras sous les jarrets du malade, pendant que Rastignac en faisait autant de l'autre côté du lit afin de passer les mains sous le dos. Sylvie était là, prête à retirer les draps quand le moribond serait soulevé, afin de les remplacer par ceux qu'elle apportait. Trompé sans doute par les larmes, Goriot usa ses dernières forces pour étendre les mains, rencontra de chaque côté de son lit les têtes des étudiants, les saisit violemment par les cheveux, et l'on entendit faiblement :

– Ah ! mes anges !

Deux mots, deux murmures accentués par l'âme qui s'envola sur cette parole.

– Pauvre cher homme, dit Sylvie attendrie de cette exclamation.

Le dernier soupir de ce père devait être un soupir de joie. Ce soupir fut l'expression de toute sa vie, il se trompait encore.

Le père Goriot fut pieusement replacé sur son grabat. À compter de ce moment, sa physionomie garda la douloureuse empreinte du combat qui se livrait entre la mort et la vie.

– Il va rester ainsi quelques heures, et mourra sans que l'on s'en aperçoive, il ne râlera même pas. Le cerveau doit être complètement envahi.

En ce moment on entendit dans l'escalier un pas de jeune femme haletante.

– Elle arrive trop tard, dit Rastignac.

Ce n'était pas Delphine, mais Thérèse, sa femme de chambre.

– Monsieur Eugène, dit-elle, il s'est élevé une scène violente entre monsieur et madame, à propos de l'argent que cette pauvre madame demandait pour son père. Elle s'est évanouie, le médecin est venu, il a fallu la saigner[1], elle criait : « Mon père se meurt, je veux voir papa ! » Enfin, des cris à fendre l'âme.

– Assez, Thérèse. Elle viendrait que maintenant ce serait superflu, monsieur Goriot n'a plus de connaissance.

– Pauvre cher monsieur, est-il mal comme ça ! dit Thérèse.

– Vous n'avez plus besoin de moi, faut que j'aille à mon dîner, il est quatre heures et demie, dit Sylvie qui faillit se heurter sur le haut de l'escalier avec madame de Restaud.

1. Selon les croyances médicales héritées de l'Antiquité, tirer du sang à un malade était supposé améliorer son état.

Ce fut une apparition grave et terrible que celle de la comtesse. Elle regarda le lit de mort, mal éclairé par une seule chandelle, et versa des pleurs en apercevant le masque de son père où palpitaient encore les derniers tressaillements de la vie. Bianchon se retira par discrétion.

– Je ne me suis pas échappée assez tôt, dit la comtesse à Rastignac.

L'étudiant fit un signe de tête affirmatif plein de tristesse. Madame de Restaud prit la main de son père, la baisa.

– Pardonnez-moi, mon père ! Vous disiez que ma voix vous rappellerait de la tombe ; eh bien, revenez un moment à la vie pour bénir votre fille repentante. Entendez-moi. Ceci est affreux ! Votre bénédiction est la seule que je puisse recevoir ici-bas désormais. Tout le monde me hait, vous seul m'aimez. Mes enfants eux-mêmes me haïront.

Elle tomba sur ses genoux.

– Rien ne manque à mon malheur, dit-elle en regardant Eugène. Monsieur de Trailles est parti, laissant ici des dettes énormes, et j'ai su qu'il me trompait. Mon mari ne me pardonnera jamais, et je l'ai laissé le maître de ma fortune. J'ai perdu toutes mes illusions. Hélas ! pour qui ai-je trahi le seul cœur où j'étais adorée ! Je l'ai méconnu, je l'ai repoussé, je lui ai fait mille maux, infâme que je suis !

– Il le savait, dit Rastignac.

Madame de Restaud ayant manifesté le désir de garder son père, Eugène descendit pour prendre un peu de nourriture. Les pensionnaires étaient déjà réunis.

– Mon père est mort ! cria la comtesse.

À ce cri terrible, Sylvie, Rastignac et Bianchon montèrent, et trouvèrent madame de Restaud évanouie. Après l'avoir fait revenir à elle, ils la transportèrent dans le fiacre qui l'attendait. Eugène la confia aux soins de Thérèse, lui ordonnant de la conduire chez madame de Nucingen.

– Oh, il est bien mort, dit Bianchon en descendant.

– Allons, messieurs, à table, dit madame Vauquer, la soupe va se refroidir.

Les deux étudiants se mirent à côté l'un de l'autre.

– Que faut-il faire maintenant ? dit Eugène à Bianchon.

– Je lui ai fermé les yeux, et je l'ai convenablement disposé. Quand le médecin de la mairie aura constaté le décès que nous irons déclarer, on le coudra dans un linceul, et on l'enterrera. Que veux-tu qu'il devienne ?

Les quinze pensionnaires se mirent à causer comme à l'ordinaire. Lorsque Eugène et Bianchon eurent mangé, le bruit des fourchettes et des cuillères, les rires de la conversation, les diverses expressions de ces figures gloutonnes et indifférentes, leur insouciance, tout les glaça d'horreur.

Ils sortirent pour aller chercher un prêtre. Il leur fallut mesurer les derniers devoirs à rendre au bonhomme sur le peu d'argent dont ils pourraient disposer. Avant de se coucher, Rastignac, ayant demandé des renseignements à l'ecclésiastique, écrivit un mot au baron de Nucingen et au comte de Restaud en les priant d'envoyer leurs gens d'affaires afin de pourvoir à tous les frais de l'enterrement. Il leur dépêcha Christophe, puis il se coucha et s'endormit accablé de fatigue.

Le lendemain matin, Bianchon et Rastignac furent obligés d'aller déclarer eux-mêmes le décès, qui vers midi fut constaté. Deux heures après, aucun des deux gendres n'avait envoyé d'argent, personne ne s'était présenté en leur nom, et Rastignac avait été forcé déjà de payer les frais du prêtre. Sylvie ayant demandé dix francs pour ensevelir le bonhomme et le coudre dans un linceul, Eugène et Bianchon calculèrent que, si les parents du mort ne voulaient se mêler de rien, ils auraient à peine de quoi pourvoir aux frais. L'étudiant en médecine se chargea donc de mettre lui-même le cadavre dans une bière de pauvre qu'il fit apporter de son hôpital, où il l'eut à meilleur marché.

– Fais une farce à ces drôles-là, dit-il à Eugène. Va acheter un terrain, pour cinq ans, au Père-Lachaise, et commande un service de troisième classe à l'église et aux pompes funèbres. Si les gendres et les filles se refusent à te rembourser, tu feras graver sur la tombe : « Ci-gît monsieur Goriot, père de la comtesse de Restaud et de la baronne de Nucingen, enterré aux frais de deux étudiants. »

Eugène ne suivit le conseil de son ami qu'après avoir été infructueusement chez monsieur et madame de Nucingen et chez monsieur et madame de Restaud. Il n'alla pas plus loin que la porte. Chacun des concierges avait des ordres sévères.

– Monsieur et madame, dirent-ils, ne reçoivent personne ; leur père est mort, et ils sont plongés dans la plus vive douleur.

Eugène avait assez l'expérience du monde parisien pour savoir qu'il ne devait pas insister. Son cœur se serra étrangement quand il se vit dans l'impossibilité de parvenir jusqu'à Delphine.

« *Vendez une parure*, lui écrivit-il chez le concierge, *et que votre père soit décemment conduit à sa dernière demeure*. »

Il cacheta ce mot, et pria le concierge du baron de le remettre à Thérèse pour sa maîtresse ; mais le concierge le remit au baron de Nucingen qui le jeta dans le feu. Après avoir fait toutes ses dispositions, Eugène revint vers trois heures à la pension bourgeoise, et ne put retenir une larme quand il aperçut la bière à peine couverte d'un drap noir, posée sur deux chaises dans cette rue déserte. C'était la mort des pauvres, qui n'a ni faste, ni suivants, ni amis, ni parents. Bianchon obligé d'être à son hôpital, avait écrit un mot à Rastignac pour lui rendre compte de ce qu'il avait fait avec l'église. L'interne lui mandait qu'une messe était hors de prix, qu'il fallait se contenter du service moins coûteux des vêpres, et qu'il avait envoyé Christophe avec un mot aux pompes funèbres. Au moment où Eugène achevait de lire le griffonnage de Bianchon, il vit entre les mains de madame Vauquer le médaillon à cercle d'or où étaient les cheveux des deux filles.

– Comment avez-vous osé prendre ça ? lui dit-il.

– Pardi ! fallait-il l'enterrer avec ? répondit Sylvie, c'est en or.

– Certes ! reprit Eugène avec indignation, qu'il emporte au moins avec lui la seule chose qui puisse représenter ses deux filles.

Quand le corbillard vint, Eugène fit remonter la bière, la décloua, et plaça religieusement sur la poitrine du bonhomme une image qui se rapportait à un temps où Delphine et Anastasie étaient jeunes. Rastignac et Christophe accompagnèrent seuls, avec deux croque-morts, le char qui menait le pauvre homme à Saint-Étienne-du-Mont. Arrivé là, le corps fut présenté à une petite chapelle basse et sombre, autour de laquelle l'étudiant chercha vainement les deux filles du père Goriot ou leurs maris. Il fut seul avec Christophe, qui se croyait obligé de rendre les derniers devoirs à un homme qui lui avait fait gagner quelques bons pourboires. Rastignac lui serra la main sans pouvoir prononcer une parole.

– Oui, monsieur Eugène, dit Christophe, c'était un brave et honnête homme, qui n'a jamais dit une parole plus haut que l'autre, qui ne nuisait à personne et n'a jamais fait de mal.

Les deux prêtres, l'enfant de chœur et le bedeau vinrent et donnèrent tout ce qu'on peut avoir pour soixante-dix francs dans une époque où la religion n'est pas assez riche pour prier gratis. Le service dura vingt minutes.

Cependant, au moment où le corps fut placé dans le corbillard, deux voitures armoriées, mais vides, celle du comte de Restaud et celle du baron de Nucingen, se présentèrent et suivirent le convoi jusqu'au Père-Lachaise. À six heures, le corps du père Goriot fut descendu dans sa fosse, autour de laquelle étaient les gens de ses filles, qui disparurent avec le clergé aussitôt que fut dite la courte prière due au bonhomme pour l'argent de l'étudiant. Quand les deux fossoyeurs eurent jeté quelques pelletées de terre sur la bière pour la cacher, ils se relevèrent, et l'un d'eux, s'adressant à Rastignac, lui demanda leur pourboire. Eugène fouilla dans sa poche et n'y trouva rien, il fut forcé d'emprunter vingt sous à Christophe.

Ce fait, si léger en lui-même, détermina chez Rastignac un accès d'horrible tristesse. Le jour tombait, un humide crépuscule agaçait les nerfs, il regarda la tombe et y ensevelit sa dernière larme de jeune homme. Il se croisa les bras, contempla les nuages, et, le voyant ainsi, Christophe le quitta.

Rastignac, resté seul, fit quelques pas vers le haut du cimetière et vit Paris tortueusement couché le long des deux rives de la Seine où commençaient à briller les lumières. Ses yeux s'attachèrent presque avidement entre la colonne de la place Vendôme et le dôme des Invalides, là où vivait ce beau monde dans lequel il avait voulu pénétrer. Il lança sur cette ruche bourdonnant un regard qui semblait par avance en pomper le miel, et dit ces mots grandioses :

– À nous deux maintenant !

Et pour premier acte du défi qu'il portait à la Société, Rastignac alla dîner chez madame de Nucingen.

Saché, septembre 1834.

Carnet de lecture

Honoré de Balzac, qui êtes-vous ?

« Saluez-moi, car je suis tout bonnement en train de devenir un génie ! »

C'est par ces mots que se présente Balzac, enthousiaste, au domicile de sa sœur Laure un jour de 1833. Il vient d'avoir une idée qui doit donner une nouvelle tournure à son œuvre littéraire et au paysage romanesque français. Quelle est donc cette idée extraordinaire ?

À cette époque, il a déjà publié quelques romans et des nouvelles, et progressivement se dessine en lui le projet de ranger ses récits dans un ensemble cohérent, dont l'ambition est de rendre compte de toute la société française contemporaine. Balzac a l'esprit du classement, d'ailleurs très à la mode dans ces années-là. Il constitue des groupements de récits sous les titres de « Scènes de la vie privée », « Scènes de la vie de province », « Scènes de la vie parisienne », etc., dans lesquels chaque histoire devient comme la pièce d'un immense puzzle dressant le tableau de l'époque. C'est alors que cette fameuse idée lui vient : puisque tous ces récits décrivent le même monde, pourquoi ne pas faire réapparaître les mêmes personnages d'un récit à l'autre ?

Publié en 1835, *Le Père Goriot* sera la première œuvre utilisant systématiquement ce procédé. Au centre du roman, le personnage de Rastignac est repris de *La Peau de chagrin*, paru en 1831, où il jouait un rôle secondaire. Inversement, des personnages secondaires du *Père Goriot*, voire de simples silhouettes, se retrouvent au centre de l'intrigue d'autres romans ou nouvelles : l'usurier de madame de Restaud était déjà le protagoniste de *Gobseck* (1830) ; madame de Beauséant apparaît dans *La Femme abandonnée* (1833) ; l'aventure amoureuse de la duchesse de Langeais est racontée dans *La Duchesse de Langeais* (1834) ; la suite de l'histoire de Delphine et d'Anastasie nous est révélée respectivement dans *La Maison Nucingen* (1838) et *L'Interdiction* (1839) ; Vautrin réapparaît notamment à la fin des *Illusions perdues* (1843), déguisé en abbé… Chaque récit de Balzac nous fait ainsi pénétrer dans cet univers cohérent et familier, où nous retrouvons les mêmes personnages (l'écrivain en créera des milliers) à différents moments de leur vie.

Des débuts difficiles

Honoré de Balzac est né quasiment avec le siècle, le 20 mai 1799, à Tours. Son père, fils de laboureur, s'est élevé dans l'échelle sociale en devenant fonctionnaire, puis adjoint au maire de la ville. L'enfant est aussitôt mis en nourrice et ne regagnera le foyer parental qu'à quatre ans. Ses rapports avec sa mère ne seront d'ailleurs jamais chaleureux. En revanche, parmi ses trois frères et sœurs, il établit un lien privilégié avec Laure, dont il restera proche toute sa vie. Sa scolarité à Vendôme, puis à Tours et à Paris, où ses parents emménagent en 1814, le destine à une carrière dans le droit, comme le jeune Rastignac. Cependant, il renonce à passer sa licence. Depuis longtemps passionné de lecture, il obtient de ses parents l'autorisation de tenter sa chance pour devenir homme de lettres.

En 1819, la poésie est prestigieuse mais ne rapporte pas. Le théâtre est nettement plus rémunérateur, mais les premiers essais de Balzac dans ce domaine ne sont guère encouragés par ses lecteurs, qui se réduisent alors à sa famille et quelques proches peu enthousiastes... L'auteur se tourne donc vers le roman, et réussit à publier quelques œuvres, mais sous les pseudonymes de Lord R'Hoone (anagramme d'Honoré) ou d'Horace de Saint-Aubin : il n'assume pas ces « *cochonneries littéraires* » purement commerciales. On vit difficilement de sa plume à cette époque, à moins de se faire journaliste, et Balzac commence à collaborer avec divers journaux, activité qu'il poursuivra toute sa vie.

Son ambition va plus loin lorsqu'il se lance en 1825, avec quelques associés, dans une entreprise d'imprimerie, dont la gestion se révélera désastreuse. Il s'en sort avec soixante mille francs de dettes deux ans plus tard. Ces dettes, et d'autres qui s'y ajouteront, le poursuivront sa vie durant, et expliquent en partie l'immense productivité littéraire de Balzac, qui doit toujours travailler plus pour devoir moins.

La Comédie humaine

Loin de se décourager, Balzac redouble d'énergie et se lance dans l'écriture de son premier grand roman, *Les Chouans* (1829). Puis il finit par connaître le succès public avec un récit à la fois fantastique et philosophique : *La Peau de chagrin* (1831). Les publications s'enchaînent alors et *Le Père Goriot* le met définitivement sur le devant de la scène littéraire en 1835. Peu à peu, son œuvre se construit à la manière d'une cathédrale, chaque livre venant compléter un monument qu'il finit par intituler *La Comédie humaine*. Ce titre dit bien l'ambition de l'auteur : analyser l'humanité sous tous ses aspects, sans aucune complaisance.

Balzac s'impose ainsi dès son vivant comme un auteur majeur, comparable à son contemporain et ami Victor Hugo. À force de nuits blanches et de café noir, *La Comédie humaine* s'enrichit petit à petit de plus de quatre-vingt-dix ouvrages, dont de nombreux chefs-d'œuvre : *Le Colonel Chabert* (1835), *Histoire des Treize* (1834-1839), *Illusions perdues* (1837-1843), *Splendeurs et misères des courtisanes* (1838), *La Cousine Bette* (1846), *Le Cousin Pons* (1847)... Tant d'énergie dépensée en si peu d'années devait avoir raison de sa santé : il s'éteint le 18 août 1850, quelques mois seulement après avoir épousé Mme Hanska, sa compagne depuis 1834.

Un roman d'apprentissage

Qui est le personnage principal du roman ?

Voilà une question qui semble ne pas devoir se poser, si l'on en juge par le titre du livre. Ce que nous lisons est bien l'histoire d'un vieillard qui s'est dépouillé de toute sa fortune pour ses filles, avant d'être abandonné par elles. Le premier projet de Balzac était en effet de nous faire assister à ce sacrifice de la dévotion paternelle, mais l'œuvre s'est enrichie au fur et à mesure de l'écriture. Goriot reste souvent retranché dans sa misérable chambre, obsédé par une seule passion qui le détruit peu à peu. Le protagoniste qui dynamise le récit, celui qui va et vient d'un lieu à l'autre et fait le lien entre tous les personnages de l'histoire, n'est autre qu'Eugène de Rastignac.

Comment ne pas voir un parallèle entre la sortie de scène du père Goriot et l'entrée en scène du jeune Rastignac ? L'épisode final du roman n'est pas seulement marqué par l'enterrement du vieillard : il se clôt sur le défi lancé par le jeune ambitieux à la ville de Paris. Autant que la déchéance d'un père, le récit retrace les étapes d'une initiation, celle d'un jeune homme qui se déclare, à la fin du récit, prêt à partir à la conquête du monde parisien : « *À nous deux maintenant !* »

Le parcours de Rastignac

Comme Julien Sorel dans *Le Rouge et le Noir* (1830) de Stendhal, ou Lucien de Rubempré dans *Illusions perdues*, Eugène de Rastignac réunit certaines caractéristiques du héros de roman d'apprentissage. Au départ, c'est un jeune provincial ambitieux mais innocent, découvrant un monde inconnu qu'il voudrait conquérir. Son inexpérience lui fait subir des échecs : il commet ainsi un impair lors de sa première visite chez Anastasie de Restaud, en évoquant imprudemment le père Goriot. Mais c'est un homme observateur qui apprend vite. À plusieurs reprises, il se trouve en situation d'assister à des scènes (même par le trou d'une serrure, s'il le faut), ou d'écouter des conversations dont il n'est pas censé être témoin ; cela lui permet non seulement de connaître les secrets de la vie privée de chacun, mais aussi de comprendre les ressorts des rapports sociaux dans ce monde parisien.

À la fin du récit, nous le voyons verser sa « *dernière larme de jeune homme* ». Il part à la conquête de Paris, mais il a perdu ses illusions entre-temps. Tiraillé entre le souvenir pur de sa vertueuse famille et le spectacle fascinant de ce Paris corrompu, il se trouve constamment à la croisée des chemins. Tantôt décidé à travailler comme son ami Bianchon, tantôt entraîné dans la dépense mondaine, Rastignac suit un cheminement tortueux. Il est parfois gagné par les scrupules : ne se conduit-il pas comme les filles de Goriot lorsqu'il demande de l'argent à ses sœurs ou à sa mère ? Peut-il continuer à fréquenter Delphine après avoir constaté la légèreté scandaleuse avec laquelle elle traite l'agonie de son père ? Cependant, rien de tout cela ne l'empêchera de choisir finalement la voie du succès mondain, par l'entremise de Delphine de Nucingen.

Il est vrai que d'autres personnages l'auront aidé à bien comprendre les enjeux et à établir sa stratégie de conquête.

Les initiateurs

Trois personnages jouent un rôle clé dans l'initiation de Rastignac. Tous trois apparaissent comme des parents de substitution, qui le guident, chacun à sa manière, dans la jungle parisienne.

– *Madame de Beauséant*

Tante de Rastignac, elle est naturellement désignée pour lui offrir sa tutelle. C'est elle qui l'introduit dans le milieu mondain et lui explique le rôle essentiel qu'y jouent les femmes. Elle lui conseille notamment de prendre Delphine de Nucingen pour maîtresse, afin de donner une position à Rastignac dans le monde. L'échec personnel de madame de Beauséant, publiquement humiliée par l'abandon de son amant, montre bien la difficulté et la cruauté de la lutte dans la société parisienne, mais c'est pourtant cette voie que suivra Rastignac.

– *Vautrin*

Si madame de Beauséant représente la lutte, Vautrin, qui n'obéit qu'à ses propres règles, incarne la révolte. Se proposant lui-même pour prendre Eugène sous son aile, il lui offre une leçon de cynisme sur le fonctionnement de la société, puis lui montre les possibilités ouvertes par la voie criminelle. Il s'agit d'épouser Victorine et de se débarrasser de son frère pour capter la fortune du père. Rastignac refuse un recours aussi direct au crime, mais ses rapports ambigus avec Victorine montrent qu'il a été tenté.

– *Goriot*

S'il se présente aussi comme un nouveau père pour Rastignac, qu'il adopte comme son gendre de cœur, c'est bien malgré lui que Goriot fait son initiation. Il ne lui donne guère de leçon, mais lui montre la voie à ne pas suivre en lui offrant le spectacle lamentable de la soumission. Goriot représente l'obéissance aveugle, et montre bien où elle mène. Rastignac en est certes attendri, mais la dernière phrase du roman indique clairement qu'il ne suivra pas l'exemple du sacrifice et de la sublime vertu…

On aura donc compris que l'initiation de Rastignac constitue moins un apprentissage moral qu'une découverte des réalités de la société, aussi sordides soient-elles. Et Balzac, auteur réaliste, était tout désigné pour en rendre compte de la manière la plus précise et la plus éclairante.

Le tableau réaliste de la société parisienne

Étudier l'homme

On parle souvent, parfois pour s'en plaindre, des longues descriptions balzaciennes. Celle de la pension Vauquer, qui ouvre *Le Père Goriot*, est particulièrement célèbre. Bien entendu, ces descriptions ne sont pas gratuites. Elles répondent à un esprit d'analyse, capital chez cet auteur. Dans son Avant-propos à *La Comédie humaine*, il compare le travail du romancier à celui du zoologue. De même que celui-ci étudie les animaux, Balzac cherche à décrire les hommes, à en classer les espèces sociales et à en comprendre les comportements. Il est vrai que les personnages du roman sont souvent comparés à des animaux. Rastignac lui-même adopte ce regard lorsqu'il voit, dans la salle à manger de la pension, « *comme des animaux à un râtelier, les dix-huit convives en train de se repaître* ».

Pour mieux analyser les mécanismes comportementaux des êtres humains, Balzac cherche une clé dans leur environnement. Voici comment il décrit la mère Vauquer : « *Sa face vieillotte, grassouillette, du milieu de laquelle sort un nez à bec de perroquet ; ses petites mains potelées, sa personne dodue comme un rat d'église, son corsage trop plein et qui flotte, sont en harmonie avec cette salle où suinte le malheur.* » Cette ressemblance entre la pension et sa propriétaire n'est pas fortuite. Pour lui, le milieu explique l'homme, ce qui justifie l'attention très précise qu'il accorde à l'environnement de chaque personnage.

Les lieux du roman

L'intrigue s'inscrit dans une durée de trois mois, entre novembre 1819 et février 1820. Or, les principaux lieux du roman dessinent une géographie parisienne caractéristique de la société de cette époque, qu'on appelle la Restauration : période qui voit le retour de la monarchie après la chute définitive de Napoléon Ier en 1815. Observons les trois quartiers principaux de Paris entre lesquels circule Rastignac.

– *La pension Vauquer*

L'établissement se situe dans le quartier du Panthéon (actuel Ve arrondissement), secteur plutôt pauvre à cette époque. Cela n'exclut pas cependant une hiérarchie entre les différents pensionnaires, ce qui se traduit dans la disposition des logements : les appartements les plus spacieux et les plus confortables sont au premier étage, les chambres les plus misérables sous les toits. L'ascension de Goriot d'étage en étage marque les étapes successives de sa déchéance. Par ailleurs, la présence importante d'étudiants parmi les pensionnaires et demi-pensionnaires s'explique non seulement par la modicité des loyers et des repas, mais aussi par la proximité des écoles dans ce qu'on appelle le Quartier latin.

– *Le faubourg Saint-Germain*

Sur la même rive gauche de la Seine, le faubourg Saint-Germain offre un paysage tout à fait différent, avec ses hôtels particuliers luxueux (actuel VIIe arrondissement). C'est par excellence le quartier aristocratique parisien, habité par ces familles d'ancienne noblesse qui ont retrouvé une partie de leurs biens et de leur position sociale avec le retour de la famille royale, après les épisodes de la Révolution et de l'Empire. Madame de Beauséant est une des reines de ce milieu très fermé, et c'est seulement par son entremise qu'Eugène réussit à s'y faire accueillir.

– *La Chaussée-d'Antin*

Sur la rive droite, du côté de la rue Saint-Lazare (actuel IXe arrondissement), la Chaussée-d'Antin est aussi un quartier riche, mais moins prestigieux que le précédent. C'est un endroit à la mode depuis la fin du XVIIIe siècle, habité par les nouveaux riches, comme la classe montante des banquiers (Nucingen), ou par des aristocrates déclassés (Restaud s'est mésallié en épousant une fille Goriot). L'accès au faubourg Saint-Germain est un objectif capital pour Delphine de Nucingen, qui explique son intérêt particulier pour Eugène et son indifférence au sort de son propre père le soir du bal chez la vicomtesse de Beauséant.

Un regard désenchanté sur le monde parisien

Force est de constater que les murs suintants de la pension Vauquer et les lambris dorés du faubourg Saint-Germain ou de la Chaussée-d'Antin semblent bien servir de cadre au même univers sordide. Goriot est ouvertement moqué par ses impitoyables congénères dans la rue de la Montagne-Sainte-Geneviève ; de son côté, madame de Beauséant reçoit un traitement certes plus hypocrite mais tout aussi cruel de la part de ses invités raffinés, lorsqu'ils viennent assister avec avidité au spectacle de sa chute. De même, à l'assassinat effectif et brutal fomenté par Vautrin, répond le meurtre moral, « *cet élégant parricide* », commis par Delphine et Anastasie, responsables de la mort de leur père. Rien d'étonnant à ce que le témoin Rastignac voie ce monde « *comme un océan de boue* ».

Cela est d'autant plus frappant que certains des thèmes les plus constants du roman devraient élever celui-ci vers les splendeurs de l'idéal, du dévouement et des vertus les plus sacrées : l'amour, le mariage et la famille... Cependant, aucun de ces éléments ne semble destiné à assurer le bonheur. Toutes les relations amoureuses, tous les rapports familiaux sont gangrenés par des intérêts financiers, et dégénèrent en simples échanges d'argent : père dépouillé de ses biens, femmes épousées pour leur dot, amants entretenus, jeune fille courtisée pour son futur héritage, sœurs, mère, tante sollicitées pour s'acheter une toilette... Même le père Goriot, d'une certaine manière, monnaye l'amour de ses filles. N'est-il pas naturel, dans ces conditions, qu'il n'en reçoive plus quand il n'a plus rien à donner ? Quant à la cérémonie de son enterrement, elle ne durera rien de plus que ce qu'elle coûte.

Et voilà pour la religion, dont c'est la seule intervention dans tout le récit !

La famille Rastignac semble bien éloignée de ce monde corrompu. C'est qu'elle vit à l'écart, dans sa province reculée. À Paris, seule madame de Beauséant s'en sort avec grandeur et dignité, mais sa seule issue est la porte de sortie : « *Les belles âmes ne peuvent pas rester longtemps en ce monde.* » Eugène, quant à lui, pourrait regagner sa Charente natale, mais il se rend chez Delphine de Nucingen, en toute connaissance de cause…

Table

Découvrez
d'autres grands classiques

dans la collection

folio junior

LES TROIS MOUSQUETAIRES

Alexandre Dumas

n° 1563

Le jeune d'Artagnan, gentilhomme fougueux et téméraire, rêve de devenir mousquetaire du roi. Dès son arrivée à Paris, il est plongé au cœur d'un terrible complot contre la reine, ourdi par le cardinal de Richelieu. Duels, traquenards, enlèvements : le danger menace à chaque instant. Mais d'Artagnan peut compter sur ses nouveaux amis, Athos, Porthos et Aramis. Tous pour un, un pour tous !
Un grand roman d'aventures dans une version abrégée.

NOTRE-DAME DE PARIS

Victor Hugo

n° 1718

Paris, 1482. Quasimodo, le sonneur bossu de Notre-Dame, voue à la belle Esmeralda un amour sans espoir. Comment la bohémienne s'intéresserait-elle à ce monstre, elle qui fascine tous les hommes ? Accusée d'un meurtre qu'elle n'a pas commis, elle est arrêtée et promise au supplice. Mais du haut des tours de la cathédrale, Quasimodo est prêt à intervenir pour la sauver des griffes de ses bourreaux… Un monument littéraire en version abrégée.

GERMINAL

Émile Zola

n° 1739

Étienne Lantier trouve un emploi de mineur à Montsou, dans le nord de la France. Les payes sont misérables, les conditions de travail effroyables : chaleur étouffante, obscurité, risques d'éboulement... Quand la Compagnie décide de réduire encore les salaires, la colère gronde dans les corons. Lantier prend la tête de la révolte.

En version abrégée, la grande fresque de Zola sur le monde de la mine au XIXe siècle.

Le papier de cet ouvrage est composé de fibres naturelles,
renouvelables, recyclables et fabriquées à partir de bois
provenant de forêts gérées durablement.

Mise en pages : Didier Gatepaille

Loi n° 49-956 du 16 juillet 1949
sur les publications destinées à la jeunesse
ISBN : 978-2-07-058371-3
Numéro d'édition : 294515
Dépôt légal : octobre 2016

Imprimé en Espagne par Novoprint (Barcelone)